DU MÊME AUTEUR

RÉCITS

Aux Éditions Gallimard

LE MÉCHANT COMTE, 1992.
LE VERTIGE, 1999.
LES FRUITS DU HASARD, 2001.
SOIRS DE PARIS, 2009.
NIETZSCHE À NICE, 2009.

ESSAIS

Aux Éditions du Seuil

SECOND MANIFESTE CAMP, 1979.
APOLOGIE DE DONALD EVANS, 1982.
LE MONDAIN, 1984.
CHOSES ANGLAISES, 1989.

Aux Éditions Plon

LES LIEUX PARALLÈLES, 1989.

Aux Éditions de la Différence

FRAGMENTS D'UNE FORÊT, 1990.

Aux Éditions Le Promeneur

ROLAND BARTHES, 1992.
STYLES D'AUJOURD'HUI (avec Christian Lacroix), 1995.

Suite des œuvres de Patrick Mauriès en fin de volume

DANS LA BAIE DES ANGES

PATRICK MAURIÈS

DANS LA BAIE DES ANGES

ou

La chanteuse magnétisée

récit

nrf

GALLIMARD

Il est essentiel d'agrandir
la surface du puzzle.

HARRY MULISCH

I

Le petit immeuble — trois corps de logis disposés en U autour d'un jardin, tout juste sortis de terre dans les années soixante — se trouvait à la lisière de la ville, dans ce que l'on appellerait plus tard Nice-Nord, là où l'ombre des choses s'effilochait, les rues goudronnées s'effaçaient devant les chemins de campagne, les timides blocs de béton le cédaient à de vieilles bâtisses, de petits pavillons excentrés, des fermes, puis à de grandes étendues saturées d'eau, et sillonnées d'étroites bandes de terre, que l'on empruntait pour aller à l'école.

Enfant, j'imaginais que la mer qui baignait la baie, à l'autre bout de la ville, resurgissait de ce côté-ci : secret soubassement d'une cité lacustre qui s'ignorait. (D'où mon immédiate affinité, plus tard, avec les villes détrempées, Venise, Amsterdam bien sûr, où le ciel ne se distingue pas d'avec la mer, où la réalité la plus solide, fondée sur l'eau, semble toujours près de se défaire et de se dissoudre, tremblant d'un froid léger et vivifiant — le même tremblement qui traduit, à l'autre bout du spectre, la chaleur de midi — avant de se disperser dans un poudroiement d'argent.)

Un peu plus haut sur cette fin de « boulevard » se dressait une haute bâtisse rudimentaire, parallélépipède de béton qui tenait de l'entrepôt et de la fabrique de théâtre, protégé par de lourdes portes de fer. J'étais fasciné par les matériaux incompréhensibles que dégorgeait continûment l'endroit : longs écheveaux de fils rêches, tiges de métal rouillé poussant sur des blocs de craie, planches de bois maculées de peinture, débris d'une flore pétrifiée ou d'anatomies surréelles : rejets inutiles, pièces d'un puzzle dont le dessin d'ensemble me resterait définitivement illisible. « *Staffazur* », cela ou quelque chose d'approchant, devait figurer sur l'enseigne. Je vivais ainsi dans la proximité quotidienne de corps fragmentés, de polyèdres irréguliers, de cette substance blanche et poudreuse, dure et friable, plastique et figée qui pouvait être d'un satinement immaculé, mais ne me semblait jamais plus intéressante que salie, tachée de gris ou de vert mousse, ébréchée par le temps ou l'usage et l'incurie ; de là sans doute une fascination qui ne m'a jamais quitté (peu sensible à la finition lourde et glacée du marbre ou du bronze) pour les gypseries, moulures et motifs de stuc : aussi familiers que ceux de certaines bastides provençales ou grandioses que les arabesques dont Antonio Bossi a, d'accord avec le peintre, serti les fresques de Tiepolo à Würzburg ou, plus extrêmes encore, les exubérantes scénographies de craie dont Giacomo Serpotta a constellé les églises et palais de sa Sicile natale. Décors d'autant plus poignants, d'autant plus accomplis que poreux et fragiles — qu'exaltés et exaltant la pauvreté même de la matière qui les compose, et porte en soi la fatalité de sa dispersion.

Totalement sous-estimé en raison même du matériau dont il se fit le virtuose, et qui permit de le ranger parmi les maîtres des arts décoratifs (catégorie dont on ne cessera jamais de dénoncer l'arbitraire), alors qu'il est tout simplement un sculpteur de premier ordre, Serpotta est né en 1652 à Palerme, dans le quartier populaire de la Kalso. Sa biographie semble plus fabuleuse que réelle, comme il convient à un être en qui se concentre et fuse l'esprit volatil du baroque. Son père, sculpteur déjà, fut un personnage difficile, *« forzato »*, querelleur, qui aimait les chevaux nerveux, fut grièvement blessé dans une rixe l'année même de la naissance de Giacomo. Arrêté et condamné aux galères douze ans plus tard, il laissa sa femme et sa famille dans le dénuement avant de mourir vite, d'épuisement, le 17 avril 1670.

Face à cette absence fondatrice, Giacomo semble n'être surgi de rien et, suivant un lieu commun de l'histoire de la peinture, vit, à peine adolescent, son talent reconnu au hasard par un amateur de passage. Il ne quitta jamais l'île où il réinventa, sans peut-être le savoir, et en rêvant sur de simples gravures, l'art que venaient de porter à son extrême le Bernin et Borromini.

Vie sans événements autres que l'achèvement méthodique de commandes régulières, et une tentative avortée d'entrer dans les ordres. Un mariage fantomatique avec une femme dont on ne sait rien. Une relation contrariée avec un fils, Procopio, né, conjecture-t-on, en 1679, « *stucchiator* » lui aussi, auquel il ne laissa, outre ses gravures, modèles et dessins, que quatre onces « *pour payer son habit de deuil* » (« *per ragione di bisito* », en raison d'un désagrément, précise l'acte). Giacomo meurt, à peine achevée la décoration de la nef de l'oratoire de San Francesco di Paola, aujourd'hui détruite, le 27 février 1732, laissant quelque argent à la sœur Rosalia afin de pourvoir à des messes pour le repos de son âme, et ses terres cuites à une poignée d'amis. Une vie réduite au nécessaire pour qui ne s'exprima jamais qu'en sublimes hyperboles.

Les murs des chapelles, des cloîtres et des églises qu'il imagina débordant de coquillages, de cuirasses, de panoplies, de monstres marins, de cartouches, de tritons, de dauphins, de jets d'eau, de masques, de casques et trophées d'opéra — j'ai particulièrement en mémoire la base d'un chapiteau où la tête coupée d'Holopherne, langue pendante, voisine avec l'escarpin à boucle de Judith —, composant, écrit Carandente, son premier exégète moderne, *« le plus incroyable et le plus capricieux répertoire d'ornements qu'on ait vu dans tout le cours de l'art baroque »*. En outre, comme si ce jubilatoire affolement n'était pas suffisant, il le scande de petits théâtres, distribués symétriquement dans les marges déjà grouillantes de l'image centrale : digressions ou apartés, incises, au double sens du terme, niches ou parenthèses, qu'il loge à son gré dans le fil de sa narration, multipliant les échos et les mises en abyme. Son objet pourtant était moins d'encombrer, comme on en prête trop souvent, et aveuglément, le propos au baroque, que d'exalter, jusqu'au vertige, la lumière, modelant un univers sur lequel, poursuit Carandente, *« chaque heure du jour apporte un effet différent et toute chute d'ombre joue un rôle, en un mystérieux processus dissolutoire et exaltant* » (*Giacomo Serpotta,* Milan, 1951).

Dans sa formule élémentaire, le stuc est composé d'un mélange de chaux éteinte et d'une charge de sable ou de poudre de marbre rendue plus ductile encore par l'adjonction de fluides divers, que l'on arme ensuite d'une structure de métal, de chiffon ou de bois. Serpotta pratiquait, lui, un mélange de craie, de pâte de chaux et de poudre de marbre (cette dernière provenant, par contrat, de San Martino delle Scale, à côté de Palerme). Je tiens de Miquel Barceló qu'il y ajoutait du sang de bœuf ou de taureau.

Mais l'apparente simplicité de la formule cache une difficulté remarquable : c'est autant la qualité intrinsèque des matériaux qui importe que leur proportion (et Serpotta cachait jalousement ses secrets) : elle définit la tenue, la prise, la vitesse de séchage et la cohésion des différentes parties d'une sculpture. À y regarder d'un peu plus près, le corps des personnages est traité de façon plus abrupte que le visage, les mains, certains détails de parure. Plus fin dans ces parties-là, le stuc sèche très vite, demandant une rapidité d'exécution virtuose. L'un des secrets de Serpotta était, suppose-t-on, d'ajouter au plâtre humide une large quantité de poudre de marbre, ce qui expliquerait le fini admirable, le glaçage translucide, l'*allustratura* singulière des parties les plus expressives de ses personnages. Mais il suffisait que le contraste entre ces deux mesures — disons, pour faire vite, celle du visage et celle du corps — soit trop affirmé, et c'en était fait de l'ensemble. Il fallait tout recommencer.

II

Le stuc, donc, cette matière de peu, exigeant une performance discrète (alors que nous ne connaissons plus que le criard et la publicité de soi), dont sont faits les sortilèges de l'opéra et du théâtre. Texture même de l'illusion. Mixte essentiel, combinaison impure de quelques éléments communs. Résistant à l'épreuve du temps, mais qui ne se *révèle* jamais mieux que sous son action corrosive, *efficiente.* Surface neutre et poudreuse, ou poussiéreuse, qui fait pourtant mieux jouer qu'aucune autre le spectre vibratile de la lumière. Matière mimique enfin, qui porte l'empreinte d'une œuvre antérieure dont elle garde la trace et le creux, et qu'elle transforme cependant en fantômes tangibles... Le mélange, la copie, la double, le type et le contretype, l'ombre portée et la lumière réfléchie, le polissage patient, la variation insensible, la présence spectrale, l'adaptation et le détournement, l'ironie de l'effet, l'arabesque discrète, le décalage vertigineux, le baroque naturel… Dans le lexique du stucateur sont rebattues les mêmes cartes, une donne identique à celle de la littérature telle qu'elle m'apparaît.

III

Staffazur... Nice est un rêve de stuc, ou plutôt de son avatar moderne, mécanique, répétitif, dont le nom, hésitent les lexicographes, nous viendrait du lourd et capitonné *staffieren* allemand (pour *orner*) ou de l'ancien français *estoffer* (emplir, meubler, combler, saturer d'ornement : comme si le matériau modelait déjà son étymologie). L'un et l'autre s'inventent simultanément à l'exacte moitié du XIXe siècle. Le staff sort de l'imagination et de la main d'un certain Mézier qui propose autour de 1850 une première corniche préfabriquée sur une armature de toile de jute. Nice se construit, dans les années qui suivent celles du rattachement à la France, de la liaison ferroviaire, de l'essor du tourisme, dans un appareillage de moellons, recouverts d'enduits et moulurés de staff : comme un glaçage de sucre candi, lisse et dur sur la pâte plus foncée d'un gâteau.

Une poignée d'architectes tant français (Niermans, Dalmas, Biasini) qu'étrangers (Deffloll, Tersling) donnent en quelques décennies un semblant d'identité à une ville qui en était dépourvue. Ils font surgir un paysage incongru de villas, de palais, de pavillons, de maisons de rapport, de folies mauresques, vénitiennes, florentines, « nouille », dans cette même matière, sèche et friable, que l'on se jette alors au visage pendant le carnaval, en se protégeant d'un masque de fine résille de fer... Palais « Venise », « Médicis » ou « Trianon », « Palais de Marbre », « Donadei » ou « Formitcheff », « Manoir Belgrano » ou « Leliwa », « Château de l'Anglais », « Villa Kotchoubey », et « Paradiso » ou simple « Alhambra » : copiés, pour l'un, sur la bibliothèque Laurentienne, pour l'autre sur le Clos-Lucé d'Amboise, pour le troisième sur le Palazzo Dario de Venise. Fabriques aux façades peintes d'orangé, de céladon, de parme, de citron, couleurs comme déjà brûlées par le soleil, ou recouvertes de ce damasquinage de plâtre clair où alternent mascarons, agrafes, guirlandes, draperies, feuilles d'acanthe et tresses de laurier, dans une débauche de crénelures, de tourettes, de clochetons, d'oriels, de moucharabiehs... Jubilation ornementale que les puristes paresseux de la modernité patentée assimileront à de la fanfreluche, mais qui frise, broche, tuyaute, cannelle, guilloche la lumière surabondante et trop blanche avec une exubérance subtile que s'est interdite à tout jamais la standardisation du XXe siècle.

J'ai toujours été ravi par cette insouciance de vieille cocotte (ici mourut la Belle Otéro), qui aurait perdu tout sens de la mesure, et se pare, se pavane, ne se refuse rien, oublieuse de tout, indifférente au qu'en-dira-t-on. Éclectisme tranquille qui fait de chaque façade un échantillon de ravaudage de siècles divers, et de certains quartiers de riches patchworks ou tapisseries architecturales. Ce pourrait être l'un des paradoxes de cette ville neuve, sans autre passé que celui de multiples occupations étrangères, d'une poignée de monuments qu'elle voit disparaître, du XVIIe siècle à aujourd'hui, sans s'émouvoir, se satisfaisant de la jouissance du jour ordinaire et de quelques ressources que lui offre son sol, que cette ville donc de l'instant présent ne connaisse qu'un passé de parodie, et joue très librement avec les parodies du passé.

Quelques-uns des hauts lieux de l'endroit, buts de promenades ou d'excursions touristiques, en offrent la manifestation un peu trop évidente : la massive église russe du Tzarewitch, bulbeuse et polychrome, comme malicieusement abandonnée, en plein quartier du Parc impérial, par un génie voyageur, ou la gothique église protestante du boulevard Victor-Hugo, mystérieux bloc d'anglicité brusquement surgi au coin d'une rue, avec ses fenêtres en ogives, parodie d'une parodie médiévale, et son gazon toujours frais, si bizarre que j'ai longtemps imaginé qu'il s'agissait d'un ancien décor de cinéma, oublié là après un tournage (alors qu'il fut méticuleusement planifié et financé par la colonie américaine de la ville dans les années 1886, avant de tomber en déshérence, puis d'être réinvesti par les réformés protestants). Mais nul besoin d'imposants monuments pour donner voie à ce penchant : dans les quartiers nord, l'avenue du Ray par exemple, que bordaient les cressonnières, c'est une multitude de petits pavillons que leurs propriétaires, voisins des immenses domaines d'Aspremont de Falicon ou de Cessole, dotèrent de *bow-windows*, de minarets, de tourettes, de redans et de créneaux. Bourgeois, moyens ou petits, satisfaits d'afficher ainsi le souvenir de lointaines expéditions, de fragments de vies antérieures ou de simples rêves d'exotisme, polychromes et vernissés. Ils se réunissaient pour la messe du dimanche, les mariages et les enterrements dans l'église Saint-Barthélemy, qui se trouvait un peu plus bas, difficile à deviner entre les boulevards qui balisaient parallèlement la montée nord de la ville. On y accédait par une pente un peu raide, bordée de murs aveugles, au badigeon d'ocre, d'où émergeaient de grands arbres, et qui encadraient une façade discrète, un peu étouffée. Bloc compact resserré autour de ce qui avait été, depuis le XIIe siècle, un cloître de capucins avant de subir de multiples transformations et adjonctions.

Mais c'est lorsqu'on y arrivait par l'ouest, que l'église se révélait véritablement : dressée au sommet d'une pente douce tapissée, depuis l'épidémie de choléra des années 1860, d'un réseau dense de tombes et de caveaux, dont semblait émerger le clocher : rien de moins qu'une copie en réduction de la tour du Palazzo Vecchio de Florence, édifiée là pour dix mille francs, en 1885, après qu'on l'eut surmontée d'une figure d'ange, tournant avec le vent.

Découpée sur le ciel, dans la lumière limpide du couchant, au milieu des silhouettes effilées des cyprès, l'église semblait sortir d'une fresque de l'Angelico dans laquelle les souples collines toscanes, baignées de cette même lumière translucide, sont elles aussi ponctuées de fines épées de laque noire.

Aux centaines de petites fabriques de marbre

clair accumulées à flanc de colline, les disparus avaient apporté le même souci d'enjolivement, maniaque et touchant, qu'à leur décor quotidien : méthodiquement divisée par d'étroits passages rectilignes — l'espace y étant par définition compté —, c'est une fascinante accumulation de rotondes, de cryptes, de cloîtres et de *tempietti* en miniature, assortis de dédicaces désolées et prévisibles (mais aussi, sur l'une, en italiques appliquées, d'un laconique « *finis* ») ou de bouquets desséchés, de pots ébréchés, de fleurs de céramique fichées sur des lampes de métal rouillé, d'angelots en biscuit tremblotant, de bustes voilés, de couronnes de perles de verre et de ces visages cosmétiques, figés dans un présent définitivement vide de sens, qui vous regardent, sans expression, sous un épais glaçage de vernis rose ou jaune, attestant dérisoirement leur passage sur terre.

C'est dans le cloître attenant à l'église, quadrilatère rythmé par les portes de cellules, au centre duquel se trouvait un puits très antique, que les religieux organisaient pour les gamins des quartiers proches, le mercredi, dans les années soixante, les après-midi de patronage : une demi-heure de paroles édifiantes et de morale pâteuse que l'on acceptait stoïquement en échange de jeux de ballon et de cette fête suprême, qui était la projection, sur un drap tendu pour l'occasion, de vieux films en noir et blanc. C'est là que je vis surgir pour la première fois dans un rugissement terrifiant le mufle sanglant et les naseaux fumants de la Bête dans le film de Bérard et Cocteau, épiphanie définitive à mes yeux du merveilleux.

IV

Aux armes régulières qui rythmaient les murs d'enceinte du cloître répondaient, à l'autre bout de la ville, celles d'un autre temple, du plaisir celui-là : elles bordaient les longues galeries du Casino municipal que l'incurie propre à l'administration de cette ville devait détruire dans les années soixante-dix pour laisser place à une indigente trouée végétale. Temple du plaisir (qui faisait lien entre les arcades de la place Masséna et les marches de la vieille ville), puisque, outre des salles de jeux, il abritait, dans un décor de stuc aussi foisonnant qu'on peut le prévoir, une vraie salle de cinéma profonde, caverneuse, soutachée de pourpre et d'or, où l'on donna, en particulier, les grands films italiens de mes années d'adolescence, appelés à marquer l'imaginaire de ces générations.

À l'arrière du bâtiment se succédaient, en

strictes parallèles, les quais de départ de la gare routière vers lesquels se dirigeaient, à la nuit tombante, les silhouettes des voyageurs empressés : ombres tardives qui recoupaient sur les murs intérieurs de la galerie celles qu'y projetait la dentelure régulière des arcades. Lieu inquiétant, et réputé dangereux, comme tous les *hinterlands*, aires de passage, de départs et d'arrivées, où trouvent refuge ivrognes et vagabonds, mais dont les lumières métaphysiques (la peinture de De Chirico ne sort-elle pas de cette architecture turinoise à laquelle fait écho celle de Nice ?) ne m'en fascinaient que plus lorsqu'il m'arrivait de le traverser, en revenant des cours de dessin qui se prolongeaient tard le soir.

*

Église russe, villa mauresque, presbytère luthérien, tour florentine : traces laissées par les différentes colonies d'étrangers qui constellent l'espace de cette ville, comme les étiquettes d'endroits lointains marquent de leurs cicatrices et souvenirs les flancs d'une malle de voyageur. Il n'est pas jusqu'à l'église qui ne s'offre dans l'artère centrale de la ville, très crûment, comme une réplique inaboutie de Notre-Dame de Paris, dont elle emprunte même le nom : bâtiment parmi les plus lourds et laids qui soient, aux volumes pâteux, comme grossièrement moulés, flanqués de deux tours blanchâtres que l'on n'a pas eu le temps de surmonter des flèches qui devaient les ponctuer, et dont la patine même semble fausse... Mais l'emblème, évidemment disparu, de la ville reste, de ce point de vue, le fabuleux ensemble de coupoles et clochetons, accumulés en grappe au bout d'un ponton qui trônait en plein milieu de la baie des Anges. Ce « Casino de la Jetée » qu'un incendie détruisit une première fois, et les Allemands la seconde, abritait une délirante jungle de marbres, d'ors, de vitraux, de tapisseries et de plantes en pots. Aérolithe orientalisant, épitomé de la bricabracomanie, cette construction bizarrement lacustre se voulait un hommage, cette fois, au Royal Pavillon de Brighton (ou sa doublure hyperbolique), monstre anthologique, citation d'un recueil de citations, écho du rêve fou que le Prince Régent avait fait de recréer, sur les bords de la mer du Nord, un fragment d'Arabie Heureuse.

Et dans l'insouciante assurance avec laquelle cette ville se pare de défroques empruntées, joue de mémoires importées, s'enivre d'allusions et d'architectures entre guillemets, peut-être pourrais-je trouver, une fois encore, l'une des sources obliques, mais d'autant plus pressantes, de la façon dont une certaine idée de la littérature s'est imposée à moi : jeu de tropes et de chausse-trapes de la mémoire, diverticule imprévisible, chemin bifurquant au fil d'une lecture, scholie ajoutée à la marge d'un texte antérieur, emprunt et dérive, couture et greffe, découpage et collage. Si le *jeu de la citation*, à tous les sens de l'expression, a été si important pour moi, c'est que rien ne me semble plus délectable, plus riche et plus *vrai* — contrairement à la croyance, à la créance naïve que le sens commun, et sa grimaçante parodie médiatique, accordent à l'originalité et à l'expression de soi — que l'entre-deux qui réunit une ligne tracée un mois, un an ou un siècle plus tôt, et celle qui s'impose à vous, greffon saisissant qui vous dépossède dans le moment où elle vous révèle à vous-même. Ellipse aussi, puisque dotée d'un double foyer, dont l'un masque et fait écho à l'autre. Dédoublement, stéréophonie, vertige, incertitude, réalité louche d'un passé réduit à l'état de trace ou de fragment que sa réverbération dans l'instant dote d'une intensité, d'une tonalité, d'une valeur (au sens pictural) inouïe.

Je n'aurai jamais écrit, puis-je me dire à présent que je suis loin dans le temps, que sous une voix d'emprunt, dans *« l'effacement de ce que je croyais être moi-même* » : nulle ligne qui ne me soit ainsi venue accompagnée de son fantôme, de cette insaisissable et stupéfiante harmonique qui signe seule à mes yeux la vérité d'un texte.

V

N'eût-elle été, cependant, qu'exaltation forcenée de la parodie et du pastiche, cette ville se fût réduite à l'une de ces anthologies du toc qu'incarnent souverainement ces agglomérations américaines que certains de ses maires, justement malfamés, rêvèrent de lui donner pour modèle (je ne jurerais pas que ce rêve soit définitivement éradiqué), et dont les marges des quartiers ouest portent encore les cicatrices : sans évoquer le palais de la Méditerranée, plus central mais aussi sauvagement ravagé, ce sont les masses aveugles de béton, métal et pans de verre déjà opacifiés par la saleté, ces agoras désertées du postmodernisme qui béent aux limites de la ville, témoignages têtus d'une vulgarité de pensée et de la quête désordonnée du profit qui font encore illusion auprès de l'oligarchie locale.

Non, ce qui fait véritablement le génie (fût-il

copiste) du lieu, c'est l'exaltation naïve qu'on y pressent, la juxtaposition de ces rêves de grandeur et de la *réduction de principe*. Au centre du parc Chambrun, le kiosque à musique, trônant orgueilleusement sur une pelouse monstrueuse qui m'impressionnait enfant, est une version miniature du temple de la Sibylle à Tivoli. Jusque dans ses délices ornementales les plus risqués, et dans sa superbe parfois ridicule, l'architecture de ces palais, villas et pavillons — ou simples immeubles de rapport — garde une certaine humilité. Elle semble se souvenir qu'elle se dresse sur une terre assez ingrate dont les seules richesses furent longtemps les plants d'oliviers, puis les champs d'œillets à perte de vue, avant que ne s'ouvrent les vannes d'un tourisme déferlant. Terre que ne caractérisait aucun esprit de conquête ni d'expansion, comme s'il suffisait d'y profiter de la légèreté de l'air, de la présence saline de la mer, de la transparence de la lumière, d'y mener une existence frugale, de s'y laisser vivre. Moins par inertie que par souci de jouir de l'instant présent sur un sol frappé d'impermanence, partagé entre deux cultures et deux histoires, traversé de langues étrangères : *« pays de consistance mobile »*, écrit en 1935 un historien, sorte de marche où les vicissitudes politiques ont été nombreuses, les frontières souvent déplacées. Bien payé pour ne se fondre dans aucune tradition, mais emprunter à plusieurs, se nourrir des rencontres d'occasion, et en faire son miel avec délectation.

VI

Nietzsche ne voit dans Nice que la *« ville italienne »*, qu'il oppose à la française, bruyante et vulgaire : la ville italienne, c'est-à-dire ce croissant lové au pied du Château, que bordait une rivière, le Paillon, aujourd'hui couverte. Noyau historique, sillonné d'un lacis de ruelles étroites, de bâtisses hautes et nues, où, comme à Venise, on plonge de sa fenêtre dans celle de son voisin et dont les porches sombres exhalent une odeur de moisissure, de café et de lie-de-vin ; quartiers où, dit-il, il faut parler italien pour se faire comprendre, mais qui *expriment* au mieux, à ses yeux, l'esprit de cette terre *« à la magnifique plénitude de lumière »*, à la fois sèche et vive, riche d'un *« certain exotisme et africanisme de végétation »*, alors que la partie française, celle des rupins de la rive droite du Paillon, fait une *« tache dans la splendeur méridionale »*.

Dans les années soixante du XXe siècle, du

haut de ces quartiers nord à peine édifiés qui se voulaient l'expression achevée du confort moderne, on regardait cette « vieille ville » avec un mélange de répulsion et d'inquiétude : comme un repaire vaguement insalubre de déclassés et de démunis que la petite bourgeoisie évitait, et que l'on vous déconseillait de fréquenter de nuit. La petite bourgeoisie, c'est-à-dire, pour une large part, les deuxième et troisième générations d'émigrés italiens arrivés là vers le milieu du XIXe siècle, où ils avaient dû affronter, parce qu'ils fournissaient le gros d'une main-d'œuvre à bas prix, le mépris des populations locales et la haine des travailleurs chassés de la ville par cette concurrence étrangère. Fiers — comme l'étaient pour leur part mes parents — du petit appartement fonctionnel avec jardin, symbole de leur intégration dans cette société, dont ils avaient été les parias, ils n'étaient pas les derniers, selon un mécanisme classique, à exclure et à dessiner les limites de nouveaux « beaux quartiers » dont était exclu le Vieux-Nice.

Je ne doute pas que la plupart des ouvriers de Staffazur eussent été italiens (il restait encore à certains à progresser dans l'échelle sociale). C'est en tout cas à quelques-uns de leurs lointains prédécesseurs que l'on doit ce qui fait pour moi l'un des attraits essentiels des quartiers anciens, un joyau secret, le plus précieux peut-être de toute la ville : la chapelle de la Miséricorde, presque invisible à l'angle de la place, qu'écrase de sa présence le palais des Rois sardes.

Miracle de sophistication baroque, que seuls séparent de la mer le cours Saleya et la barre basse des Ponchettes. Confié à l'origine par les théatins à l'architecte de leur ordre, le vertigineux Guarino Guarini, dont le nom même, avec son double foyer de voyelles, reflète celui d'une ellipse baroque, le projet fut ensuite repris par un de ses disciples dans les premières décennies du XVIIe siècle. Sa façade tout en hauteur, aux pilastres géminés, dont la surface légèrement incurvée semble contrainte par ce qui l'entoure, sert de proue à un long corps de logis où vivaient les religieux de l'ordre. Seuls de curieux *oculi* biaisés (dont certains, peints en trompe-l'œil, font symétrie avec de vraies ouvertures), seuls ces étranges yeux d'insectes signalent, sur les élévations latérales, la présence d'une merveille prise dans un ensemble qui la dissimule : ce sont les uniques sources de lumière — invisibles de l'intérieur — des quatre chapelles en demi-cercle qui recoupent l'ovale du plan central. Nul indice donc, pour le passant empressé, de la délicate intrication de courbes et de contre-courbes, d'ovoïdes et d'ellipses qu'il longe inconscient, nul prélude à cette explosion jubilatoire qui mène irrésistiblement le regard vers les régions supérieures de la voûte, où il se perd dans un foudroiement de lumière.

Bernardo Vittone, le disciple de Guarini qui reformula le projet initial, n'est guère connu que des historiens de l'architecture. Né à Turin en 1702, où il mourut prématurément en 1770, il est considéré comme l'élève de cet autre architecte majeur du baroque piémontais qu'est Filippo Juvarra.

VII

Vittone a écrit deux livres, publié à titre posthume le *Cours d'architecture civile* de Guarini, et construit une poignée d'édifices qui ont en commun de se situer en aparté, dans des villages perdus et des paroisses reculées du royaume de Savoie, loin des centres de pouvoir et d'apparat. Étrange volonté, peut-on penser, que celle de déployer ces vertiges mathématiques, ces voilures de pierre et ces draperies de théâtre sur une petite place ou au détour d'une rue de village, dans les conditions les plus ardues : imagine-t-on seulement la difficulté du transport des blocs de pierre à dos d'âne, sur d'étroits sentiers de montagne, dans la rocaille et la poussière sèches, la chaleur blanche, un paysage à la maigre végétation de lentisques et d'euphorbes. Le choix de tels emplacements est trop constant pour être hasardeux chez Vittone : on a pu y voir l'effet d'une éthique sévère, d'une conception presque militante de l'architecture. Cette volonté est en soi un choix esthétique.

Quoique dotée d'une certaine importance stratégique, Nice n'est ainsi, à l'époque de Vittone, qu'une petite ville sans grand caractère. Il achève, semble-t-il, la construction de l'église des Théatins (elle se nomme alors San Gaetano) lors d'un de ces moments de balancier qui arrachent la ville au royaume de Savoie pour la rendre à la France. À Turin, où il est revenu en 1733, après s'être imprégné à Rome de la leçon des grands baroques, il jouit de la protection du marquis d'Ormea dans une spacieuse maison, via Arsenale, qui sera son atelier jusqu'à sa mort. D'Ormea est le ministre des Affaires étrangères de Carlo Emanuele. Ce dernier pratique allègrement le renversement d'alliances : il se range, de 1733 à 1739, aux côtés de la France avant de prendre le parti, en 1742, de Marie-Thérèse et de l'Angleterre. Il a fait emprisonner son père Vittorio Amedeo II, qui avait abdiqué en sa faveur avant de se raviser, et le laisse, vaincu, mourir en prison. Rien ne trahit l'effet, sur Vittone, de ce contexte convulsif, de l'horreur du parricide et des guerres civiles.

De cet homme qui eut pour souci de s'effacer derrière son œuvre, et dont nous savons peu, nous reste cependant le portrait le plus ressemblant qui soit à travers l'inventaire exhaustif de ses biens, dressé après sa disparition prématurée. Parmi les huit cent quatre-vingt-cinq objets auxquels se réduisent sous le regard myope du clerc minutieux les accidents de cette vie — un matelas de cuir rapiécé, une couverture en laine de Catalogne, une petite table à l'espagnole en noyer avec son écritoire, une tapisserie des Flandres, une cloche de cuisine, cinq tasses en bois d'olivier, des éperons de fer, une chemise de satin bleu brodée d'or, un parapluie de taffetas vert taché, huit mouchoirs de soie cannelle — se trouvent, soigneusement recensés, tous les livres de la bibliothèque de Vittone.

Rien de plus parlant. Porthogesi, qui a retrouvé et publié en 1969 cet inventaire sur plusieurs dizaines de pages, à la typographie serrée, de sa monographie, y remarque, outre la prédominance prévisible de livres d'architecture, souvent luxueux, signes, selon lui, d'une *« vocation de bibliophile »*, la présence de très nombreux ouvrages de rhétorique, dont ceux de l'admirable et tortueux Emanuele Tesauro.

VIII

Né en 1592, mort en 1677, Tesauro est, avec John Donne et Giambattista Marino, avec Gracián et Góngora, l'un des grands artificiers de la Pompe baroque : comme eux, il considère que la vie se fonde sur l'illusion, c'est-à-dire sur l'oubli rageur de la mort, qui la définit et qui mine le sol sur lequel elle s'avance. En vertu de quoi nous n'avons d'autre solution que d'en rajouter dans le semblant. Il est possible d'imaginer que ces rhéteurs virtuoses surent en leur for intérieur que la réponse apportée par leur engagement religieux à cette intolérable condition n'en était qu'une parmi les possibles.

Tesauro vit dans la métaphore, qui établit des relations saisissantes entre les réalités les plus éloignées, l'un des moyens les plus précieux d'explorer la complexité du monde : Dieu lui-même, arguait-il, n'a-t-il pas ponctué sa création de traits d'esprit? La « *lunette aristotélicienne* », qui donne son titre à son livre le plus célèbre (publié en 1654), bien en place dans la bibliothèque de Vittone, n'est autre que celle des cinq livres de la Rhétorique d'Aristote, à la vertu magnifiante desquels examiner les minuscules subtilités du réel.

Révélés par la force de cet art de penser, écrit-il dans son chapitre sur « *la pointe et ce qui la compose* », « *les choses muettes parlent, celles qui ont perdu le sens le retrouvent, celles qui sont mortes revivent; les tombes, les marbres, les statues, recevant le souffle, l'esprit et le mouvement de cette magicienne des âmes, disputent ingénieusement avec les esprits ingénieux. N'est réduit à mourir que ce que la pointe n'a pas avivé* ».

Figure lui-même, ou nouvelle métaphore du créateur, l'architecte est l'instrument de cette divine animation. Il a pour mission de réveiller le génie de la pierre, de ne reculer devant aucune complexité, de porter à son extrême de déréalisation mentale cet art de la pesanteur.

Au même titre que la peinture et la sculpture, l'architecture relève, affirme Tesauro, du trait d'esprit : la preuve en est que ceux qui la pratiquent « *sont appelés ingénieurs en raison de l'acuité de leurs œuvres ingénieuses. Elle se peut constater aux innombrables bizarreries des ornements subtilement capricieux que l'on voit sur les façades de somptueux édifices : chapiteaux touffus, frises, triglyphes, métopes, mascarons, cariatides, termes, modillons : autant de métaphores de pierre et de symboles muets qui donnent son charme à l'œuvre et au mystère son charme* ».

Tesauro voyait dans une « *certaine nausée des choses quotidiennes* » ce qui distingue l'homme de l'animal ; Vittone, avec son goût pour les intrications vertigineuses de formules géométriques, ses fugues d'ovales et d'ellipses, ses consoles intriquées, eut lui aussi le « *sens de la nécessité esthétique du superflu* », et se voulut sans doute l'architecte de cette « *plaisante ingéniosité* » : il cherchait à ravir, résume Rudolf Wittkower.

Il imagina de complexes enchaînements de trouvailles, d'enthousiasmantes cascades visuelles. Il attend, dit son moderne exégète, le visiteur au seuil de chacun de ses édifices pour l'emporter par un tourbillon de feintes et de surprises. Son œuvre est moins architecture, conclut Portoghesi, que « *littérature traduite en termes plastiques* ». Mais telle n'eût sans doute pas été la métaphore élue par Vittone : lorsqu'il lui faut, dans ses *Instructions élémentaires*, trouver un terme de comparaison à son art, c'est celui « *du concerto en musique, avec non seulement ses accords, mais aussi ses dissonances, qui tem-*

pèrent par leur contraste le risalto *et rendent plus délicieuse à l'oreille l'impression de l'accord* ». Toute forme d'art, avance-t-il trois siècles avant le symbolisme, tend vers la musique, et chacun de ses édifices, où l'on évite posément la dureté de l'angle droit, tend à l'unité légère, « *quasi una sola e leggiadra figura* », dont la seule substance serait la lumière filtrée, sculptée, conduite par la fluide douceur des jeux de courbes et de contre-courbes, jusqu'à se dissoudre dans la blancheur diaphane des lanternes supérieures : cette évocation de l'impalpable en une suite de lointains dégradés, Portoghesi la compare aux crèches de ces campagnes où officiait si volontiers l'architecte, dont les cieux en trompe-l'œil étaient naïvement bricolés à partir d'écrans de carton découpé.

IX

Vittone meurt vingt ans à peine avant la Révolution française : il est né, remarque Portoghesi, onze ans après Voltaire et dix ans avant Rousseau : il appartient à une « génération du milieu », s'épanouit dans les quelques décennies où s'éteignent les derniers feux d'un très ancien art de vivre et s'affirme un nouvel empire de la raison; virtuose de l'illusion, grand rhéteur, grand manipulateur des apparences, il n'en insiste pas moins pour se présenter avant tout en technicien émérite, en *ingénieur* (il possède un exemplaire du *« Newtonianismo per le donne »* de Francesco Algarotti, l'un des grands livres de vulgarisation scientifique de l'époque) : moins inventeur de chimères que fier de l'excellence de sa pratique, il nous apparaît pourtant comme l'un des derniers paraphes, des plus flamboyants, du baroque romain (alors qu'il prélude en fait à la seconde floraison, bavaroise et mittel-européenne, de cette culture de l'excès, en plein XVIIIe siècle).

*

Il faut même remonter, pour « expliquer » Vittone, deux siècles plus tôt, à la dernière année du XVIe siècle, et plus précisément à ce jour de 1599 où naît à Bissone, sur les bords du lac de Lugano, Francesco Castello, qui prendra en avril 1628 le nom de Borromini, sans que l'on sache véritablement la raison de ce changement (reprend-il l'usage d'un nom de famille du côté maternel, choix dont on mesure la portée ? Cherche-t-il à rendre hommage aux Borromées de Milan ? Fait-il simplement allusion à sa région d'origine — on appelait « *Borromei* » les Tessinois — ou veut-il faire écho, et contrepoint, au nom de Bernini, né un an avant lui, dont la détestation finira par l'obséder ?).

En Borromini s'entend pour la première fois, en tout cas, le ruissellement de voyelles qui caractérise la cascade ininterrompue des grands prodiges de la merveille baroque : Guarini naît un quart de siècle après lui, Juvarra cinquante ans après Guarini, Vittone vingt-cinq après Juvarra : chacun est comparable à un miroir qui renversait obliquement, l'alternant subtilement, l'image du précédent.

Borromini est un homme sombre, large d'épaules, d'une stature altière, d'un tempérament frugal et renfermé (*« Fu sobrio nel cibarsi e visse castamente »*, nous dit la chronique) ; la seule gravure qui nous en conserve l'apparence le représente la mine chafouine, nez pointu, front soucieux. Asocial, misanthrope, misogyne, il est aussi hypersensible et prompt à s'échauffer; sa réserve naturelle ne le protège pas d'une réputation d'excentrique : il se promène sa vie durant vêtu d'un habit noir, à l'espagnole, harnachement sévère et désuet qui le désigne à l'attention de tous. Sa bizarrerie semble irréconciliable, aux yeux de beaucoup, avec la clarté d'esprit requise par l'art de construire. Hans Sedlmayr (*Die Architektur Borrominis*, Berlin, 1930) en fait l'exemple même du « type schizophrénique » : autre façon de désigner ces êtres pour lesquels se pose, d'instant en instant, la question de la nature même de la réalité, du sens des choses et de l'action, de la possibilité d'une existence qui se dérobe : bref, comme l'un de ces dépressifs arbitraires, vivant au bord de la folie sans pour autant y verser. Condition intenable qui fut la sienne soixante-huit ans durant. Rudolf Wittkower (*Born under Saturn*, Londres, 1963), que tout opposa à Sedlmayr, voit en lui, de son côté, un héros et la victime de cette bile noire que l'on considère comme le fluide du génie et de la dépression.

Nul ne saurait dire ce qui, des circonstances contraires ou du naturel furieux de l'artiste, eut la plus grande part dans les épreuves qui marquèrent son existence. Le fait est qu'à l'opposé du Bernin, à qui tout parut sourire, Borromini ne jouit que brièvement de la faveur d'un pape, Innocent X, durant la dizaine d'années où celui-ci fut au pouvoir, alors qu'Urbain VIII puis Alexandre VII furent tout acquis à la cause de son rival. Tout était réuni, résume Wittkower, pour opposer l'égoïsme, l'aisance, la bourgeoise certitude de soi, la vie mondaine et familiale du Bernin à la solitude du célibataire misanthrope et « hérétique », qui vécut dans des pièces pauvrement meublées, n'ayant pour toute compagnie qu'un assistant et une femme de ménage. Borromini fit partie de ces êtres en retrait qui ne se veulent jamais que spectateurs de l'existence et se réfugient dans l'inanimé.

Avide collecteur de toutes sortes de choses, il les empilait sur les moindres surfaces disponibles ou les entassait dans des tiroirs et des armoires; il était aussi à la tête d'un millier de livres, dont la totalité des volumes — cent vingt-trois — sur le thème de l'architecture disponibles, dans diverses langues, à son époque.

À sa mort, il possédait cinquante moulages de plâtre, parmi lesquels celui d'un lion grandeur nature, un nombre égal de sculptures et d'ébauches, cent trente peintures, un ensemble important de dessins, de manuscrits et de médailles, des fragments de marbre poli, de petits bijoux de perles, d'ambre et de corail, une collection de coquillages et de verreries en cristal, ainsi que les modèles de ses principaux édifices qu'il avait coutume de façonner en cire.

On n'a de lui qu'un seul ouvrage, l'*Opus architectonicum*, conçu autour de 1648 avec l'aide de Virgilio Spada, qui ne fut publié qu'au siècle suivant.

X

La rivalité avec le Bernin, dont il fut le tailleur de pierre et le collaborateur avisé, avant d'en juger la réputation imméritée et la technique incertaine, fut l'événement majeur de son existence; elle fut au moins, partiellement, à l'origine de son expulsion du chantier de Sant'Agnese, Piazza Navona, que l'on associe pourtant à son nom aujourd'hui encore. On l'accusa de se désintéresser de sa tâche, et de flâner chez les bouquinistes de la place plutôt que de résoudre les problèmes du chantier. C'était sans doute mal comprendre son état d'esprit à ce moment-là, et le sentiment d'injustice qui l'habitait, mais aussi sa méthode, qu'il disait de *« fantasticare »*, c'est-à-dire de se perdre pour mieux trouver, dans une sorte d'attention flottante, ou d'hallucination éveillée, entre rêverie et rumination morose.

Il lui restait dix années à vivre. Elles donnèrent lieu, dit Wittkower, à *« une explosion d'énergie créatrice »* et à une succession ininterrompue de chefs-d'œuvre : sursaut porté par l'énergie du désespoir face à l'affront dont il avait été l'objet ; pressentiment peut-être aussi d'une autre urgence.

Quoique ses adversaires, et la critique des siècles antérieurs, l'aient considéré comme un iconoclaste, indifférent à la tradition et fasciné par la barbarie « gothique », il fondait en fait sa démarche sur l'étude méticuleuse des Anciens, à commencer par ceux que l'on avait négligés ou oubliés, et il retrouva d'instinct les formules et le dessin de monuments inconnus à son époque, et que l'on redécouvrit après sa mort.

Anthony Blunt, critique revêche qui doit sa gloire à autre chose qu'à son œuvre, et dont les jugements souvent abrupts justifient le patronyme, a finement noté (*Borromini*, Londres, 1979) l'analogie entre les façades brisées, impliquées les unes dans les autres, de temples de Pétra, en Jordanie, et celles de certaines églises du Tessinois.

Son autre source d'inspiration fut, affirme-t-il, la nature, dont il chercha à épouser la géométrie. On la retrouve dans l'exubérant lexique qu'il élabore, en l'imposant, ou le surimposant, au registre classique de l'ornement : palmes délicatement incurvées, feuilles de laurier, cupules de chêne, branches d'olivier se substituent chez lui aux classiques enroulements de feuilles d'acanthe (lorsqu'il utilise ces dernières, il les oriente souvent à contresens de l'usage).

Rien donc de fortuit chez lui ; toute innovation s'enlève sur le fond d'une réminiscence ou d'une allusion. *« Tout porte sens dans cette bizarre existence »*, écrivit Wittkower. Tout sauf cette fraction de seconde d'août 1667 où, violemment angoissé, et rendu furieux par le refus de son serviteur de lui apporter le chandelier qu'il demandait, il se jeta sur une épée, qui le traversa de part en part.

« Lorsque j'entendis sa réponse, expliqua-t-il dans une ultime confession, *l'impatience me saisit. » « Impatience »* est, même au sens classique, un mot d'une rare distinction pour désigner ce brusque, cet insondable écart où la vie perd sens. Peut-être cette mort fut-elle une citation (du mode de suicide traditionnel des anciens stoïciens), et une dernière façon de signifier son dégoût des valeurs relâchées de son époque. Il eut en tout cas le temps de planifier méticuleusement son sort posthume. Il souhaita reposer à côté de la tombe de son maître, Carlo Maderno, et obligea, par testament, son neveu à épouser la fille de ce der-

nier, scellant à sa manière le sort des deux lignées, imposant un dernier dessin sur l'arbitraire de l'existence. Il dicta une longue confession, d'où nous tenons l'essentiel de ce que nous savons de ses derniers jours. Mais rien n'explique l'horreur de ce moment d'impatience, le mystère de cet insensible ressaut qui suffit à le disloquer.

XI

Mes parents s'installèrent définitivement à Nice en 1963 ; quelques mois plus tard, Cocteau mourait : le même jour qu'Édith Piaf, comme l'on sait, ce qui se traduisit par une photo de cette dernière sur toute la couverture du *Paris-Match* de la semaine, et un simple bandeau de pied pour la mention de l'écrivain, personnage secondaire, qui en eût été révulsé. Pendant les multiples séjours que nous fîmes à Nice avant notre installation, Cocteau, dont la gloire n'était éclipsée, régionalement, que par celle de Picasso, noircissait, à quelques kilomètres seulement, les pages fébriles et amères de son journal, dessinait d'innombrables projets, souvent hâtifs, en marge de son travail d'écrivain, peignait la fresque de la chapelle de Villefranche et la mairie de Menton, exposait chez Matarasso et dans quelques autres galeries de la côte. Dans mon adolescence, il était encore une figure publicitaire et publique; il avait laissé des traces un peu partout (jusque dans le cabinet d'un médecin où je vis, au hasard d'un diagnostic, des dizaines de dessins et de dédicaces). Ses lithos et ses livres étaient valeurs répandues, quoiqu'un peu rabaissées par les libraires et galeristes (peu de chose, pensaient-ils, face à l'« école de Nice »). Nombreux étaient ceux qui pouvaient évoquer un souvenir ou une visite. Ils vibraient encore de ce contact avec la gloire littéraire, et déjà médiatique (son narcissisme naïf et sa théâtralité surannée furent ensuite l'objet d'une certaine commisération, avant de connaître une spectaculaire réévaluation vingt ans plus tard).

Avec Charles Trenet, Cocteau était celui dont on savait, mais ne disait rien. Cette évidence criante, et cruelle, l'autorisait à être reçu avec effusion par des femmes du monde qui ne toléraient par ailleurs « de telles mœurs » que parodiquement incarnées par leur coiffeur, et frémissaient d'horreur à l'idée que quelqu'un de la famille « en soit » (moyennant quoi un petit neveu ou un cousin éloigné finissait toujours par « en être »).

La façon dont on feignait ainsi d'accepter — ou prétendait ne pas voir — ce qui pourtant crevait les yeux, tout adolescent que l'on ne traitait pas alors de *« gay »*, mais, sans état d'âme (comme le faisait mon père), de « pédale » ou de « tapette », y était immédiatement confronté. Pour moi qui n'avais jamais été très assuré de la réalité, voilà ce qui contribua à saper la nature même de l'« évidence », simple convention ou conviction partagée. Cause ou effet — comment le savoir — de cette tendance mythique des homosexuels à préférer à la réalité sa stylisation, une version rêvée, ou plus vraie.

Pour un adolescent qui se découvre soudain (ou ne se reconnaît) nulle part, « sans rien de commun » dit une devise fameuse, devoir faire l'épreuve de son désir dans le secret, le silence, reste, quoi qu'on en dise, le lit de son expérience future. Curieusement, je pris avec une certaine légèreté — je veux dire avec intrépidité —, fût-ce parfois dans le désespoir le plus total, ce brusque déchirement de la réalité entre deux mondes : l'ordinaire, ce qui restera pour toujours la vie des autres, avec ses rires et valeurs consensuels, sa lourdeur familiale (que j'avais partagés mais dont je me faisais désormais le spectateur) ; et le réservé : l'enclave, la pièce dérobée où se retrouver. J'imaginais alors, ce qui nourrissait peut-être mon courage, que ce partage s'effacerait avec le temps ; mais il me faut à présent constater qu'il aura marqué ma vie entière, et continue à influer, comme c'est le cas de toutes les minorités, sur celles des générations ultérieures.

Vies clivées, dédoublées : le tranchant Anthony Blunt tira de cet état de choses les conséquences les plus extrêmes, en multipliant les alibis, ce qui explique sans doute l'inépuisable fascination qu'il n'a cessé d'exercer sur moi, comme sur tant d'autres. Car le mandarin au visage long et sévère, à la mâchoire chevaline, si typiquement britannique, qui se voulut l'incarnation de la rigueur de jugement, et se distingua par l'acrimonie de ses critiques — plaisir d'universitaire dont l'enracinement dans la frustration sexuelle m'a toujours paru évidente —, ne passera pas à la postérité comme l'analyste minutieux de Borromini ou l'ordonnateur d'un catalogue raisonné, et critiqué, de Poussin. Il sera pour toujours l'espion de la Reine, celui qui, sous le visage respectable du conservateur des collections royales, trahit méthodiquement son pays, livrant ses secrets aux Soviétiques. Celui qui aura passé sa vie à surimposer les écrans.

Les superbes escaliers de marbre du Courtauld résonnaient encore — me raconta l'un de ses amis, après sa désignation à l'opprobre général — du pas lourd des « *rough-trade* » qu'il introduisait dans les lieux, sitôt les étudiants partis. Passage d'une vie à une autre, ouverture de la chambre secrète. Mais derrière cette chambre s'en ouvrait une autre encore, invisible : c'étaient les rendez-vous furtifs avec les agents de liaison et les secrétaires d'ambassade, l'aide apportée aux fugitifs Burgess et Maclean, les dizaines d'espions trahis par ses révélations… Comme s'il lui avait fallu sarcastiquement *retourner* cette discrétion imposée, répondre à l'arbitraire de l'exclusion par une stratégie pensée jusqu'au moindre détail, dans laquelle se risquer tout entier, et volontairement. La même croyance entière en la sûreté de son jugement, en un critère de vérité à l'aune duquel mesurer tous les écarts, cette même confiance en soi qui justifiait ses critiques acerbes l'autorisait à supposer le bien-fondé d'un autre ordre, dont favoriser l'avènement. À vrai dire, il était moins porté par une naïve espérance messianique, vite effacée par les faits, que par une inébranlable fidélité à ses amis de jeunesse, aux valeurs qu'ils partageaient contre le monde, à la scandaleuse affirmation d'E. M. Forster selon laquelle, à devoir trahir son pays ou ses amis, il resterait fidèle aux seconds. Credo qui suffisait à illustrer la puissance des liens nouant, par-delà séduction et légèreté, les amitiés entre garçons : cette même inébranlable cohésion que l'on désigna malicieusement sous le mot de « *homintern* ».

XII

Pour qui ne s'était, comme moi, jamais reconnu de certitude, et faisait de berlue vertu, se rangeant pour ainsi dire d'instinct du côté des sophistes plutôt que des grands philosophes idéalistes, la férocité d'une telle assomption de soi est aussi impressionnante que légèrement dérisoire. J'y verrai deux façons, diamétralement opposées, de répondre à la sombre intimation d'un : *« tu ne seras pas comme ton père »*, fût-ce pour l'affronter, lui, semblable mais si loin, et s'en détacher, plutôt que d'y trouver un modèle. Non : totalement différent, à part, un peu bizarre, « sans rien de commun ». Statut que l'on embrasse avec un mélange de fierté et de peur viscérale.

Ainsi, pour revenir à Cocteau, l'image de cet être anguleux et élégant, qui avait si bien fait surgir la merveille, était-elle pour un adolescent des années soixante le plus propice des fantômes. Car si certains, comme Blunt, avaient tenu leur identité muette, s'en étaient obstinément remis au secret et à la conspiration, le naturel avec lequel Cocteau s'était toujours présenté, dans sa préciosité même, cette force qui lui avait permis de résister depuis sa jeunesse aux caricatures de tous ordres, aux attaques des surréalistes, aux agressions durant la guerre, avaient quelque chose d'exemplaire, dont on ne saurait mésestimer la valeur. Sans doute n'y a-t-il guère de point commun entre son univers et celui du traître anglais, entre l'artiste et le professeur (excepté le fait qu'ils ont tous deux écrit sur Picasso et ajouté, chacun à sa manière, un chapitre à l'histoire de l'illusion) : l'un laissera son empreinte dans la littérature et le cinéma, l'autre quelques notes en bas de page d'ouvrages érudits ainsi qu'une légende noire, à la fin pitoyable. Mais ces deux êtres secs, aux traits émaciés, à la diction étudiée, furent armés d'une inébranlable foi en eux-mêmes, qui leur permit de forcer le respect, comme l'opprobre.

C'est, pour boucler la boucle, l'inlassable expression de cet amour de soi qui occupe le journal dont Cocteau noircissait quotidiennement les pages dans sa chambre de la villa Santo Sospir tandis que, sur l'écran de fortune du patronage de Saint-Barthélemy, surgissait dans un rugissement, sous mon regard fasciné, le mufle fumant de sa bête.

Le contenu de ce journal, révélé bien des décennies après la mort de son auteur, en rend la lecture à la fois fascinante (jusqu'où ira-t-il ?) et désolée (quelle petitesse dans le calcul), expression d'un narcissisme à proprement parler idiot, aussi entier que naïf, guère différent de celui de ces « folles » — qui semblent ne douter de rien, et provoquent comme à loisir le rejet — dont Cocteau professe au fil des pages la détestation, fidèle en cela à un cliché homosexuel selon lequel seuls sont désirables les garçons virils, de préférence bien membrés (second cliché).

La litanie monotone des affronts reçus, des injustices subies, de la méconnaissance dont fait l'objet, aux yeux de son auteur, une œuvre bien supérieure à tant d'autres, suffirait à démontrer, si besoin en était, que l'on ne sort pas indemne de l'exclusion, de ses violences sans fin ; elle jette aussi une lumière crue sur l'envers de cet esprit de finesse, sur la machinerie rudimentaire à l'œuvre derrière le travail de l'illusionniste, rendant d'autant plus étonnantes les admirables trouvailles des *Enfants terribles*, ou de *La Difficulté d'être*. Mais l'œuvre ne saurait se réduire à la vie, s'il fallait le redire.

Son sens inné du style, Cocteau en avait trouvé un emploi tout naturel dans sa vie sur la côte. Il faisait corps avec la sécheresse solaire de la région : sa maigreur semblait se creuser, se buriner sous l'effet du soleil; son toupet ébouriffé, comme une bouffée de fumée blanche, contrastait encore plus franchement avec le cuivre de son visage bruni, parcheminé. Il donnait l'image d'une aisance à la fois sophistiquée et décontractée : cravate nouée et chemise claire sous une saharienne souple, aux manchettes relevées, pantalons de coton flou et sandales de cuir. Il savait naturellement mettre à profit la qualité des matériaux locaux : galets, roseaux, terres cuites. Ses traits de crayon rapides, son imagerie stéréotypée, pseudo-hellénique semblaient faits pour la lumière du lieu. Sa mythologie s'y épanouissait naturellement. Le décor de la villa où il logeait, à la pointe de Saint-Jean-Cap-Ferrat, et où il ébauchait, en traçant la progression dans son journal, des fresques qu'il exécuterait sur les murs à la chaux de la chapelle des pêcheurs, à Menton, offrait l'une des expressions les plus frappantes, parce que quotidienne, de sa vision des choses. Les meubles de papier mâché et de poirier noirci de la fin du XIXᵉ siècle dans laquelle s'enracinait son sens de la théâtralité, un phrasé hérité de De Max et de Mounet-

Sully, les abat-jour à pampilles et les porcelaines de Paris, les fauteuils de rotin tarabiscotés s'enlevaient, avec un sens aigu de l'effet, sur des murs tapissés de canisses, comme il s'en trouverait dans la cabane du moindre pêcheur.

XIII

La lumière du soir inondait les pièces aux volumes simples, en léger surplomb sur la baie, et recouvrait chaque objet d'une feuille d'argent sombre, aux reflets mouvants, transfigurant le décor composite où les falbalas, les arabesques et les paraphes du style Napoléon III prolongeaient de leurs crosses le lacis des fresques.

Cocteau ne pouvait laisser un endroit en l'état, comme on l'imagine ; chaque moment de sa vie s'incarne dans un décor particulier composé d'une poignée d'objets, de photos et cartes postales épinglées, de collages improvisés ou d'un tableau d'ardoise qu'il couvrait de graffitis à la craie. S'il y eut en lui du « magicien », suivant la formule dont on l'a affublé, ce fut aussi, essentiellement à mes yeux, sous ce biais, que l'on aurait tort de réduire à une « simple affaire » de décorateur (encore faudrait-il se demander pourquoi des esprits aussi raffinés que Baudelaire, Poe ou Huysmans accordèrent tant d'importance à un sujet que nous considérons aujourd'hui avec tant de condescendance). Cette aptitude à créer dans le film, le roman comme dans la vie, un espace immédiatement singulier, à réveiller un génie du lieu, le place parmi ces esprits atteints de topophilie dont les héros disparates seraient aussi bien André Breton que le malfamé Mario Praz, et Louise de Vilmorin que Gómez de la Serna ou le sarcastique Federico Zeri ; travers — ou qualité — si profonds que leurs éphémères expressions sont souvent pieusement conservées, quand elles ne finissent pas dans l'espace du musée. Beaucoup considéreront avec suspicion, indulgence tout au plus, l'étrange pulsion qui conduit à se projeter ainsi autour de soi dans un instable agrégat de livres, de tableaux, de papiers et d'objets, pauvres ou sublimes : fragile rempart de cette illusion par laquelle on isole un « intérieur » du tumulte. J'avoue m'être toujours interrogé, à l'inverse, sur l'aveuglement ou l'indifférence face à ce qui sollicite quotidiennement le regard. Mario Praz finit par avouer préférer la permanence et le silence des objets à l'incertitude et à la traîtrise des rapports humains ; mais la vérité ne saurait se réduire à cela, ou au simple besoin de représentation sociale qui anime les revues de décoration.

Le besoin viscéral de s'entourer ainsi d'un fond de théâtre n'est qu'un défi éperdu lancé au temps, tout objet étant le chiffre d'un moment, un éclat de chronique fixé dans un présent éternellement suspendu : illusion, disais-je, et conscience de cette illusion, de la fugacité d'un assemblage dont le destin est, tel le dessin d'un moine zen sur le sable, de se défaire. Solides, consolidées même d'année en année aux yeux de ceux qui les ont patiemment montées (comme l'on monte une maquette ou un échafaudage), ces toiles de fond trahissent ou traduisent, aussi sûrement que le grain d'une photo, le graphisme d'une affiche, le moment qui est le leur. Leur matière est la mémoire même de ceux qu'elles entourent : ainsi, pour revenir à Cocteau, né en 1889 (et précédant tout juste Dior ou Bérard), les valeurs d'une bourgeoisie cossue où règne une élégance capitonnée, un mobilier anglais, de lourds rideaux, viennent-elles colorer, comme l'eau d'une résurgente, ses décors jusqu'à la fin de sa vie d'une nuance légère, d'un esprit qui inspire encore les mélanges de la villa de Saint-Jean-Cap-Ferrat.

XIV

Né à un demi-siècle d'intervalle, j'aurai, comme tant d'autres de ma génération, subi l'influence profonde de cet imaginaire, de ce sens des couleurs, du choix de formes et de textures qui renvoyait obliquement à la fin du siècle précédent, en un jeu d'échos assourdis, dont je ne pouvais avoir conscience (au point que je ne peux me détacher, aujourd'hui encore, de la lecture des magazines de décoration de ces années-là, avec leur rendu si particulier des couleurs plates, tranchées, et le velouté si profond de l'héliogravure). Né après la catastrophe, je reste marqué par le moment d'euphorie de ceux qui venaient d'en réchapper, que portait un jubilatoire retour à la vie et qui parvenaient à faire de pénurie vertu, d'où cette soudaine explosion de bals et de décors éphémères, ces silhouettes cambrées, à la taille marquée, dont le buste émergeait d'une corolle de tissu, les escarpins de velours noir, les gants et les chapeaux, reliques d'un mode de vie qui jetait ses derniers feux. Dans une culture désormais engourdie par les médias, où ne comptent plus que la célébration du drame ordinaire et le gros de l'événement, rien de plus insignifiant en apparence que de telles minuties, alors même qu'elles sont la *condition* de notre réalité (c'est bien sûr avec une intensité comparable que l'on voit les générations ultérieures vénérer à présent le style des années soixante et soixante-dix, bien trop proches dans ma mémoire pour me toucher : rien de plus étranger, ne puis-je m'empêcher de penser, que cette production standardisée et ces formes « minimales » à l'élégance calligraphique, au sens d'un certain panache, au baroque fait de rien dans lequel Cocteau, expression de son époque, excellait).

J'essayais de me représenter les quelques lecteurs et admirateurs qu'il pouvait compter, ne fût-ce que par snobisme, autour de moi, dans les villas frileusement regroupées dans la colline, entre le boulevard Gorbella et le quartier Saint-Maurice, sur les contreforts de laquelle se trouvait notre immeuble. Juxtaposition serrée d'architectures pittoresques, à la toponymie prévisible (*« Riviera »*, *« Les Fleurs »*,

« Mon bijou », *« Mon rêve »*, etc.) dont on ne voyait en général de la rue que les soubassements de pierres rustiquées, les portes des garages et les grilles. Bien plus cossues que celles de Saint-Barthélemy, ces villas représentaient la ville d'en haut, l'expression triomphante d'une haute bourgeoisie installée là depuis les débuts du siècle, objet de tous les rêves de ceux qui vivaient en contrebas, dans les petits immeubles de béton flambant neuf. C'était aussi pour nous un terrain de jeu rêvé, car, à la suite sans doute de querelles d'héritage ou de morts intestats, plusieurs de ces villas étaient laissées à l'abandon : grilles disjointes, jardins d'herbes folles, portes d'entrées qu'il suffisait de pousser — et l'on se trouvait dans de grande pièces humides, aux murs desquels pendaient des lambeaux de papier 1900, le sol jonché de débris, souvenirs parfois d'occasionnels *squatters*, où restaient encore quelques meubles abandonnés, de vieux miroirs brisés, des chaises aux assises crevées, des casseroles émaillées d'une autre époque. Autant de refuges secrets où l'on risquait toujours d'être surpris, mais dont nous prenions possession en ordonnant canapés défoncés et fauteuils à trois pieds, gazinières hors d'usage, vaisselle ébréchée, en drapant de vieux bouts de tissu poussiéreux et en cou-

ronnant le tout de tressages de lierre, ce qui suffisait à meubler l'écrin de rites secrets et de petits jeux sexuels. Sans doute s'agit-il là d'une expérience commune à toute adolescence, de ce rêve d'un espace suspendu, réservé, où se retirer en croyant échapper à l'ordre des choses; mais disposer ainsi d'un décor grandeur nature ajoutait à l'intense irréalité de la situation : nous faisions notre première expérience du passage du temps, et de son pathétique remède : le besoin de réparer, restaurer, remonter le cours des choses, qui allait constituer l'un des quelques fils, pour autant que je puisse les discerner, de mon existence.

J'y faisais aussi l'apprentissage de ce goût du fané, de l'éraflé, des objets dépareillés ou déformés par l'usage, *« tatty old things »* disent les Anglais, si caractéristiques d'une génération qui n'aura connu, de la restriction, que quelques traces, mais des traces encore vives. Prévisible évolution des choses lorsqu'on songe au monde de « meubles modernes », de merisier plaqué et de plastiques inaltérables, au goût du « fonctionnel » et du « dernier cri » dont se prévalaient les nouveaux propriétaires des blocs de béton — nous étions au « bloc D » — serrés en rangs uniformes des deux côtés du boulevard. Ces surfaces sans esprit, sans rien qui accroche la lumière ni le passé, étaient, aux yeux de ceux qui s'étaient longuement privés pour les acheter, le chiffre d'un futur ouvert sur le possible, qui oblitère le souvenir des violences qu'ils avaient traversées; c'était entre les amis et relations de voisinage la course au modèle automobile ou ménager le plus récent, au buffet deux-corps le plus rutilant et à ce trophée ultime qu'était un poste de télévision.

De retour dans ma chambre, dont les murs étaient tapissés des affiches ordinaires de chanteurs pour *teen-agers,* mais aussi de photos, de dessins, de pages de journaux découpés, je prolongeais mes activités de constructeur en m'abandonnant cette fois à ma fascination du miniature (si contraire à ce qu'a de plat, de bravache, de si communément répandu dans une société qui ne révère plus que l'émotion forte, le culte du panorama, la célébration des grands espaces, de ces misérables parcelles d'infini) : boîtes de carton jauni, badigeonnées à la gouache, nuages d'ouate, figurines de plâtre ou de plastique, pommes de pin, bougies, guirlandes de Noël déplumées, coquillages, mousses pour maquette au parfum d'orange : tous ces matériaux étaient admis dans la composition de ces sortes d'autels ou reliquaires célébrant une dernière confession. S'ajoutèrent un peu plus tard à cela — éphémères proclamations de foi, fixés au mur par un ruban de Scotch — de péremptoires placards où figuraient, en capitales copiées de Beardsley, des citations enflammées de García Lorca, de Crevel, de Breton, de Genet, ou certaines de ces admirables trouvailles que révéla, comme si elles ne demandaient qu'à surgir, 1968.

XV

J'eus seize ans ce mois de mai, où, comme en décembre 1910, pour Virginia Woolf, *« la nature humaine se transforma »*. Juste trop jeune pour participer autrement qu'en spectateur médusé à ce brusque effondrement de l'ordre, à la montée de ces murs d'ordures le long des trottoirs, au vide des rues du centre-ville, à la sidération sourde qui avait frappé l'ordinaire. Au lycée, les meneurs se trouvaient dans deux ou trois classes au-dessus de la mienne, et surtout chez ceux dont les frères et sœurs étaient déjà étudiants; en jubilant, nous singions les assemblées générales, et leurs mots d'ordre quotidiens. Eussé-je d'ailleurs été en âge, je ne crois pas qu'il m'eût été possible de suivre cette rhétorique flamboyante et codifiée sur un autre mode que celui, jésuitique, du *perinde ac cadaver*, de l'obéissance passive : quoique n'étant plus assez naïf pour douter de mon engagement total dans cette remise en cause de tout le convenable — devenu intolérable — d'une société, il me paraissait déjà impossible de suivre les figures imposées — tant de rhétorique que de groupe — de ce type d'action. Ni d'épouser les certitudes entières, à vrai dire aveugles, des donneurs d'ordre dont je respectais seulement le pouvoir d'insurrection. (Naïf, je le suis resté, au point de m'étonner, dix ans plus tard, de voir les mêmes mettre autant d'énergie au service des causes qu'ils avaient si violemment combattues. L'opaque raison de ces démarches, si répandues pourtant, me sera, pour toujours, étrangère.)

Cela me convenait, au fond, d'arriver un petit peu trop tard ; d'être admis à protester, mais sur le bord de la route : situation idéale pour observer, partager, dénoncer en étant invisible, quantité négligeable. Rien de plus adéquat à ce principe de secondarité dont je m'étais déjà fait une règle.

La brusque élation, l'engouffrement soudain de liberté coïncidèrent avec une transformation radicale de mes intérêts, et la plongée dans la littérature. Tout cela brouillon, désordonné ; mais porté par l'enthousiasme, et nourri de ces auteurs, philosophes et essayistes pour la plupart, dont les œuvres s'affirmaient alors, et donnaient corps à l'esprit du moment. Lectures qui ne suivaient aucun programme, mais se déboîtaient, se développaient l'une de l'autre. Ces heures éblouies, dans un coin de ma chambre, par la découverte de ces nouvelles façons d'éclairer le monde et de considérer l'existence restent indissolublement liées dans mon esprit à un coup du sort que je reçus comme un signe des dieux, comme la confirmation pour ainsi dire géographique d'une communauté d'esprit. Le hasard — mais il s'éclaire de diverses façons — avait en effet amené à s'installer, à quelques centaines de mètres de notre immeuble, la mère du philosophe dont la lecture devait m'impressionner plus que toute autre subtile incarnation d'un être de papier, qui aurait dû demeurer à l'état d'idéal; coïncidence insignifiante au fond, mais qui était chargée pour moi du plus lourd des sens. Car elle enracinait cette pensée si haute et, il faut le dire, intimidante dans le paysage quotidien du boulevard, son alignement de façades paresseuses, dont les adresses se distinguaient par un registre différent, éloquent d'optimisme, de celui des villas du haut (*« Avenir Gorbella »*, *« Le Clair logis »*, *« Résidence Azur »*), et dont la succession monocorde ne s'interrompait que pour laisser place à un Prisunic flambant neuf. Cette longue barre de béton, dont le toit, auquel on accédait par une barre latérale, servait de parking, côtoyait un anachronique lopin de liberté, celui d'une amicale de boulistes dont fusaient exclamations et cris de victoire, bordé de figuiers dont le parfum mousseux marquait une étape de mon retour du lycée.

Il m'arrive encore de suivre nostalgiquement ce fil des coïncidences plus ou moins imaginaires qui me lient à ce philosophe dont je pus apprécier bien plus tard l'extrême bienveillance : une même ascendance orientale, la difficulté à couper le lien familial (aussi forte que l'urgence à le faire), l'insurmontable dépression de la jeunesse, l'épreuve de l'académie, ce sens du secret, de ce qui doit se taire, la volonté de tenir les distances, une mélancolie violente, *« qui n'empêchait pas la joie »* disait-il, le goût de la glose patiente, du commentaire comme source de création, la pensée constante de la mort et, entre autres faiblesses, la peur de l'avion et l'incapacité à raconter une histoire.

J'éprouve toujours une émotion particulière à l'idée qu'il a dû nécessairement m'arriver de croiser sans le savoir, traversant le boulevard en sortant de la boulangerie, Georgette Derrida, et j'imagine aussi, à présent qu'elles ont toutes deux disparu, qu'elle a dû souvent croiser ma mère dans les allées du supermarché ou chez le pharmacien : deux figures brunes et menues, à la peau mate, aux yeux profondément enfoncés, bordés de cernes, d'une élégance soucieuse privilégiant le camaïeu, les couleurs discrètes, vert bouteille et feuille morte, coiffées simplement, discrètement maquillées, d'une politesse naturelle, distante et chaleureuse à la fois, et qui avaient l'une et l'autre fait l'épreuve de l'exil définitif.

Parallèle gratuit, fatras imaginaire, disais-je, nostalgie incertaine, aux filets desquels je me laisse prendre tout en évoquant celui qui insista, à longueur de vie et d'œuvre, sur la nécessité d'un discernement infini, d'une remise en cause toujours inquiète, de la défiance jetée sur toutes les formes d'évidences données, sur ce qui contribue à voiler l'inextricable complexité du réel; mais tout lecteur sait le pouvoir de ces menus traits d'identification, d'autant plus tenaces et précieux qu'ils sont illusoires et semblent prendre d'un seul tenant la littérature et la vie. Ce serait d'ailleurs à mes yeux — ce souci des distances, de la suspension, de la suspicion en tout — le trait singulier de ce moment, dont il était l'un des plus remarquables esprits, et qui m'apparaît si contraire à ces exigences péremptoires, à ce refus de se laisser dépasser que devaient assumer les décennies suivantes : un ressentiment repu, l'exaltation grossière d'un narcissisme contrarié, la revendication d'une impossible transparence, la médiocrité érigée en valeur, bref tout ce que l'on avait si longtemps cherché à combattre et qui prétendait triomphalement refermer une parenthèse. Mais, confiant dans la dynamique des tours et retours qui rythment l'histoire, j'imagine qu'une aussi pauvre vision des choses ne tardera pas à s'effondrer à son tour sous le poids de sa propre indigence et qu'elle ouvrira sur d'autres valeurs, que je ne connais pas, mais dans lesquelles je pourrai me retrouver.

XVI

Tout parallèle a ses limites, et en voici une : dès sa prime jeunesse, Georgette Derrida fut une grande joueuse de poker, ce qui eût été aux yeux de ma mère, pragmatique, rationnelle, une impardonnable démonstration de faiblesse : croyance aux vertus d'un hasard qu'on ne peut maîtriser, effet d'une certaine paresse d'esprit, de cette crédulité tout « orientale » à ses yeux, qu'elle avait eu à combattre chez sa propre mère. Rien de plus contraire à son sens de l'effort, à son goût de l'économie, à l'infinie patience qui l'habitait que ce fol espoir dans un coup du sort, que ce goût de l'argent vite gagné (pour l'aspect ludique, stratégique, elle n'avait pas la moindre pensée). Georgette — dont le prénom m'évoque invinciblement ce crêpe irrégulier et légèrement râpeux qui fut en vogue à l'époque —, Georgette, connue, nous rapporte le biographe de son fils, pour ses fous rires, aimant à potiner autour d'une tasse de café, et laissant volontiers à son mari le soin d'approvisionner la maisonnée ; Blanche, ma mère, qui choisit au contraire d'éradiquer méthodiquement ces marques de frivolité le jour où elle quitta pour n'y plus revenir le sol de sa terre natale, et se voua religieusement au seul culte de son petit cercle familial. Blanche, belle et douce (au point que — lorsqu'il m'arriva de la perdre — d'anciens amis de collège, depuis longtemps perdus de vue, m'écrivirent, pour se souvenir, à un demi-siècle d'écart, de cette inépuisable compassion), Blanche, méthodique et tenace, obstinée parfois, pudique et taciturne, Blanche — « *Bianca* », comme l'appelait mon père — qui fut inlassablement courtisée et ne se serait, comme elle l'avouait quelques décennies plus tard, jamais mariée, si elle en avait eu la ressource, trop soucieuse de sa liberté. Elle ne céda aux assiduités de mon père que parce qu'elle le connaissait depuis l'adolescence, et qu'elle n'eût jamais pu se risquer avec un « inconnu », séduite au fond par l'adoration qu'il lui vouait (elle ne surmonta jamais, pour autant, l'épreuve de sa disparition, et vécut ensuite sans se l'avouer dans une dépression sans fin).

Je la vois encore lorsque, à peine rentrée

des courses, elle endossait la blouse de nylon imprimée qui protégeait son sweater et sa jupe de laine, et s'asseyait droite, en silence, devant la table laquée de la salle à manger face aux grands palmiers du jardin intérieur, recouvrant patiemment d'une écriture régulière et un peu enfantine d'ancienne élève des Sœurs des Dames de Nazareth les pages de l'agenda qui lui servait de livre de comptes, n'omettant pas le moindre centime, équilibrant méticuleusement ses dépenses, si bien qu'elle laissa à chacun de ses quatre enfants une somme conséquente, épargnée sou à sou sur sa maigre retraite.

Sa journée suivait le même rythme immuable que celui de ses voisins et des gens du quartier : ménage, courses, préparation d'un repas frugal lorsqu'elle était seule, l'immuable feuilleton télévisé en début d'après-midi préludant à de petites vagues d'assoupissement, puis à ces heures vacantes qu'elle redoutait, et dont la soulageaient les émissions de dix-huit heures, le journal télévisé, le repas du soir, encore plus léger que le déjeuner, avant de se mettre tôt au lit, où elle avait de plus en plus de mal à trouver le sommeil. Elle avait, à près de quatre-vingts ans, gardé sa coquetterie intacte et s'irritait quand, ayant longuement essayé, le matin avant de sortir, diverses alliances de jupes et de chemisiers devant la glace du fond du couloir, elle me demandait mon avis, et ne me trouvait pas assez attentif, ou convaincant, à peine distrait. Car il s'agissait au moins autant chez elle de traces d'un narcissisme têtu, et touchant, que du souci de ne pas offusquer le regard de l'autre. Et rien n'était plus poignant encore, à la limite même du supportable, que ces moments où elle tenait à me montrer ses pieds déformés par la vieillesse, cals et cors, crevasses et arthrose, dans la quête ultime d'un regard qui se portât sur elle, qui ne pensait plus exister pour personne.

*

Avec les années soixante-dix — et c'était là, sans qu'elle le sache, une trace sensible de progrès sociologique —, avait disparu ce bruit qui meublait nos après-midi : le ronronnement régulier, comme celui d'une locomotive miniature, de la machine à coudre qui lui servit longtemps à ravauder ou transformer nos vêtements, et à confectionner ses propres robes à partir de ces patrons de papier de soie que l'on trouvait dans les journaux féminins, et dont je me demandais, fasciné, comment, de ces pièces et morceaux, pouvait surgir une robe qui *tienne*, légèrement épaulée, appuyée à la taille, avant de s'évaser en une corolle de popeline.

On croise encore souvent sur les trottoirs du boulevard Gorbella de ces petites dames dont le sens de l'élégance porte la trace anachronique de celui des années cinquante et dont les manteaux de drap sombre, les jupes de lainage, les escarpins sages, de cuir noir ou brun, sont une inconsciente et véhémente protestation contre les joggings de molleton, les blousons de nylon et les *trainers* orthopédiques dont se parent, comme d'un uniforme avachi, les corps abîmés d'aujourd'hui. Jusqu'à quand verra-t-on ces silhouettes dignes et menues d'anciennes coquettes — qui le restent indéfectiblement — se saluer poliment, échanger quelques mots, puis repartir vers leurs occupations? Elles représentent un pôle de la féminité si particulière, me semble-t-il, à Nice, dont l'autre extrême serait ces femmes, jeunes ou moins jeunes, qui se conforment (fût-ce, je l'espère, pour le décevoir) au regard de l'homme : chevelure opulente, mascara charbonneux, *lip-gloss* gluant, cambrure arrogante, *stilettos* sonores, si ce n'est *santiags* ou cuissardes glacées. Encore un signe, bien sûr, de l'italianité de la ville que ce modèle emphatique, pneumatique, du « beau sexe » dont chaque partie du corps — chevelure, yeux, lèvres, seins, hanches, fuselage des jambes — se doit d'être exagérée, soulignée : accumulation de tropes d'une mythique essence de la femme. Et cette incarnation, que d'aucuns, pas forcément plus nordiques, considéreraient comme vulgaire transcende classes d'âge et catégories sociales. Sans parler des sympathiques harengères, qui, depuis des décennies, de mai à octobre, occupent toute la journée le même lopin de plage à la hauteur de Rauba-Capeù, se disputant au poker et partageant le récit de leurs petites aventures au dancing ; septuagénaires dont la peau crevassée, cuirassée, a pris une couleur chocolat. J'évoquerai aussi cette figure qui apparaît, régulièrement, autour de quatre heures, à la terrasse de « La Civette » sur le cours Saleya : coiffée hiver comme été d'une toque d'ocelot, enveloppée dans un manteau de la même fourrure, fausse sans doute, chaussée de bottines blanches, elle arbore des robes de guipure soulignée de broderies anglaises, comme l'on en voyait autrefois sur les petites filles, ou le même imprimé à fond turquoise et motifs fuchsia dans lequel elle a confectionné le petit réticule qu'elle pose négligemment sur la table : excessivement poudrée, du rouge vif aux pommettes, le faux cil avantageux et le rouge à lèvres débordant soigneusement en demi-lunes, comme le faisaient les stars des années trente, elle s'assied, lasse, et sûre d'avoir capté quelques regards, et commande un thé avant de s'absorber dans la lecture studieuse d'un hebdomadaire de télévision, relevant parfois la tête, comme un animal inquiet, pour se rassurer de son effet.

XVII

Je ne saurais cacher ma fascination pour cette féminité qui n'a pas froid aux yeux et reste éternellement rivée au regard d'un mâle imaginaire : mélange de provocation et d'inquiétude, de frustration virulente et de refus de céder : possédées arthritiques et aguicheuses, comme enivrées de leur propre parfum et qui n'ont plus que faire des convenances, jouant sans cesse leur va-tout, s'accrochant au moindre relief d'une réalité qui s'éloigne de jour en jour.

Voilà qui eût représenté le sommet de l'indécence et de l'indignité aux yeux de ma mère, pour laquelle il n'était pas question d'échapper à l'emprise du réel et qui n'avait aucune faiblesse pour la fiction (si ce n'est pour les journaux sentimentaux aux photos bistre ou bleu carbone, qu'elle lisait dans mon enfance, ou les potins des revues de cinéma :

mais c'est qu'ils dévoilaient le fond des choses, étaient plus vrais que vrais...). Coquettes folles contre coquettes sages, car tant Blanche que Georgette avaient été de discrètes mais habiles séductrices, se jouant des cours et des regards empressés. Persistance touchante et ténue, en ce qui concerne ma mère, de son adolescence aisée dans une famille de la haute bourgeoisie orientale, où les filles n'avaient pour destin que d'être oisives ou courtisées.

J'ai longtemps pensé que son intransigeance à l'égard du rêve, son désir de désillusion prenaient leurs racines dans l'expérience de l'exil, de l'arrachement brut et entier à cette terre d'origine que — contrairement à Georgette Derrida, qui l'avait subie — elle s'était sous d'autres contraintes imposée. Le hasard fit qu'elles arrivèrent dans la même ville, qu'elles avaient l'une et l'autre choisie en raison d'un climat proche de celui qu'elles avaient perdu, à quelques mois d'intervalle : fin 1963, début 1964, courte période où Nice se gonfla brusquement d'une population nouvelle, chassée de l'autre côté de la Méditerranée, et dont une bonne part trouva refuge dans les blocs de béton serrés des quartiers nord.

S'il me fallait continuer à filer les coïncidences — ces effets du sort qui impriment un semblant de sens à l'absolu non-sens de l'existence —, les vies de ces deux femmes furent frappées par une autre épreuve, plus violente encore que celle, pourtant terrible, de l'exil sans retour, la perte d'un enfant : à la naissance dans un cas, à trois mois dans l'autre. Ce qui fit de nous, leurs frères, les puînés d'une ombre. Condition difficile que cette entrée dans la vie réduite au sillage d'un deuil, qui vous dote d'une conscience immédiate, viscérale, de l'impermanence des choses, et lie dans une confusion inextricable l'attachement à l'arrachement. J'y vois naïvement peut-être l'origine de ce souci de ne pas lâcher le fil, de ne pas laisser s'interrompre le flux des transmissions, de réparer les oublis et les défauts de lecture, de restaurer et de conserver, de cette obsession de l'archive qui amenait Derrida, de son propre aveu, à être incapable de jeter le moindre papier : trace insignifiante, mais que l'on se devait de préserver et de transmettre. Et si la majeure partie de ses manuscrits est désormais pieusement conservée dans quelques institutions, les livres et papiers qui demeurent encore — pour combien de temps ? — dans les pièces où il les a rangés, dans l'ordre qu'il leur a donné, ces livres qu'il aura parfois à peine ouverts mais voulu garder, ne sont-ils pas, sous leur fine couverture de poussière, l'empreinte la plus vive qui nous reste de lui, comme s'il venait de les quitter?

Je ne sais ce qu'il adviendra des innombrables piles de livres dont j'ai encombré, l'un après l'autre, chacun des endroits où j'ai vécu, au point de devoir déménager plusieurs fois, sous leur pression toujours plus insistante, comme le fit De Quincey qui se contentait, lui, de fermer la porte et de n'y plus revenir. Restriction intolérable de l'espace vital pour beaucoup, mais qui le rendait au contraire, à mes yeux, d'autant plus riche, bruissant du récit de ma vie, comme de celle des autres, de ceux qui auront eux-mêmes tenu et feuilleté ces livres dans les coins du monde les plus reculés, avant qu'ils ne disséminent à nouveau auprès de ces êtres sans visage qui me succéderont. Car, contrairement à ce que l'on assume paresseusement, cette passion n'est pas simple hantise du passé, culte sénile du vieux document, pusillanime valeur de placement, jouissance déplacée des papiers et des encres, sacerdoce conservatoire, perversion vieillotte, obsolète obsession de l'adolescence; elle est autant, sinon plus, fascinée — elle est habitée — par les incalculables occasions, par les conflagrations qu'ils ne manqueront pas de provoquer, le traversant d'un souffle, comme ils l'auront fait dans le mien, l'esprit d'un futur lecteur.

Volumes qui dépassent ceux qui les possèdent pour converser à travers eux. D'où la nécessité absolue de les sauvegarder, de préserver la possibilité de ces étoilements imprévisibles, et proprement incalculables.

XVIII

Je ne peux qu'imaginer la perplexité de ceux qui nous étaient proches et ne dédaignaient pas à l'occasion de se livrer à la lecture, face à ce besoin irrépressible de rester penché des heures sur ces pages ouvertes, à déchiffrer, annoter, croiser, greffer, retracer, recouper, au milieu d'alluvions grossissantes d'imprimés, acceptant ainsi sans le savoir un statut d'être à part. Et je ne puis qu'admirer rétrospectivement le respect qu'ils montrèrent pour cette étrange pulsion, dont l'emprise ne cessa de s'approfondir avec le temps. A-t-elle précédé, ou est-elle au contraire une manifestation détournée de cet autre désir qui s'imposa insensiblement à moi, ces mêmes années, et dont je n'avais pour ainsi dire pas les moyens — celui d'écrire ? Derrida parle d'une adolescence passée à *« vouloir passionnément écrire sans écrire, avec le sentiment de vide »*. De fait, est-il une autre période de la vie où l'on éprouve de façon aussi nue l'appel, le sentiment d'un vide entier, terrible et menaçant, où l'on oscille sans cesse entre le fourmillement des possibles et leur résolution dans le rien, où l'on se sent prisonnier des miroitements d'un mirage ? Ce désir dont je ne savais s'il était quelque chose ou s'il n'était rien, cette exaltation vacante aurait pu se résorber en elle-même, comme une graine stérile, sans l'intervention, aveugle et nécessaire, de ces intercesseurs dont le destin est de ne pas savoir l'être. À la rigueur peut-il leur arriver d'imaginer un trajet hors norme pour l'adolescent qui leur fait face et qui n'oubliera jamais leur phrasé, leurs visages, leurs démarches, au point de leur rendre, en écrivant, un hommage éternel et silencieux. Je pense à ces quelques professeurs qui auront su, en somme, *me montrer le chemin du doigt,* et je n'imagine guère de destin d'écrivain, fût-il le plus révolté, sans dette à l'égard de figures comparables : M. François, petit, menu, le cheveu gris et ras, l'allure martiale, le visage sévère à la Julien Gracq, toujours tiré à quatre épingles, sanglé dans des costumes de drap sévères et dont les chaussures d'épais cuir verni, impeccablement lustré, crissaient lorsqu'il arpentait la classe dans le silence ; M. Rastier, bien plus libre, libre d'esprit pour un professeur de khâgne de province, complice et caustique, dont le non-conformisme discret mais radical se traduisait par le port d'un béret, de gros gilets de laine et de solides croquenots ; et, bien avant eux, Madame Roques, professeur d'anglais dans les collèges, dont le visage long, les cheveux cendrés relevés en chignon et la mise même connotaient l'anglicité : chemisiers de soie, jupes de gros tweed ou d'écossais, longs cardigans de laine, richelieux à talons plats ; allure que je ne pus qualifier que bien plus tard de « woolfienne », dans une analogie renforcée par la nouvelle qui me parvint, quinze ou vingt ans après, de son suicide. Dois-je voir en elle l'origine de l'anglophilie dont je fus très tôt la proie, ou le simple relais de celle que professait déjà ma mère, qui n'avait pas été insensible au charme des Anglo-Saxons dans les cercles huppés de son Liban natal ? Je ne saurais encore une fois le dire ; sans doute y prirent-elles chacune leur part, sans parler d'un gène erratique dont on découvrira un jour le rôle dans l'estérophilie et le philobritanisme.

Madame Roques — dont je ne saisis qu'en l'écrivant l'homonymie avec la compagne de Picasso qui se suicida elle aussi — semblait faire corps avec le manuel hors d'âge que l'on distribuait encore aux collégiens des années soixante, et qui avait ostensiblement été conçu un demi-siècle plus tôt. En ouvrant les pages du « Carpentier-Fialip », comme l'on désignait ce manuel du nom de ses auteurs, bizarre entité bicéphale dont l'entrelacement des voyelles me semblait déjà une promesse d'exotisme, j'entrais quelques heures par semaine dans un monde doublement éloigné, et donc désirable : dans l'espace d'abord, noyé sous la pluie et la purée de pois, saturé des parfums amers du charbon, du goudron et du feu de bois, tapissé d'herbes drues en vallonnements légers, aux antipodes de celui que j'avais toujours connu ; dans le temps aussi, parce que n'y était représenté qu'un monde d'hier, avec ses bobbies débonnaires et ses bus à impériale, ses majordomes à la Jeeves et ses bonnes en uniforme, ses demoiselles en chapeau cloche et jupes plissées, ses *high-teas* cérémonieux et ses *lunchs* plutôt frugaux, ses *scones,* dont je me demandais bien à quelle réalité géométrique ils renvoyaient, et ses *apple dumplings,* dont les sonorités mêmes débordaient de sucre et de beurre chaud. Ces évocations d'un monde brumeux et ritualisé, dont le décorum semblait faire de chaque geste de la vie un acte théâtral, étaient figées dans de petites vignettes au dessin minutieux, hachuré, réticulé, tel que le pratiquaient les illustrateurs du début du siècle, Harry Furniss et les dessinateurs de *Punch,* E. H. Sheppard dans *Winnie the Pooh* ou le fascinant personnage — fascinant déjà parce que mon nom se confondait presque avec le sien — que fut George Du Maurier. Remarquable parce que foncièrement double : mi-Anglais, mi-Français, mi-dessinateur, mi-écrivain. Anglais sous un patronyme aux consonances françaises, francophile en Angleterre, anglophone en France, dessinateur reconnu avant de se transformer en romancier à succès. Auteur au demeurant de trois livres seulement, dont deux laissèrent une trace profonde, sans commune mesure avec celle d'un livre ordinaire. Et si ce patronyme est pour la plupart aujourd'hui celui d'une romancière aux yeux clairs et aux mâchoires carrées, auteur de *Rebecca* et de *La Taverne de la Jamaïque* (dont les derniers livres s'attachent incidemment à la vie de cet archétype de la traîtrise bardache que fut le délicat chancelier Bacon), il ne fut pas donné à cette dernière d'inventer deux expressions passées dans le langage courant, le nom d'un certain type de chapeaux, et une figure devenue commune dans l'imaginaire anglo-saxon.

Ce n'est pourtant pas dans *Peter Ibbetson,* ce fascinant récit, cher à Raymond Queneau, où folie et passion transcendent les frontières de la vie et de la mort, traversé de rêveries et d'hallucinations dans un Passy ombreux, qu'apparaît Svengali — ce nom qui désigne désormais en anglais le type même du manipulateur —, mais dans *Trilby* (1884), prénom cette fois de l'héroïne devenue elle aussi nom commun par le biais du petit chapeau qu'elle arbore dans les illustrations du livre.

On rapporte que Du Maurier ne fut romancier pour ainsi dire que d'occasion : familier d'Henry James, il lui proposa au cours d'une promenade de lui offrir les rudiments d'une intrigue — celle en l'occurrence de *Trilby* — qu'il se sentait incapable d'écrire, et pensait digne du maître, et de son goût abyssal des ambiguïtés. Sur quoi James de refuser avec véhémence, et d'encourager son ami à se jeter à l'eau : publié en feuilleton, et prétexte à une polémique avec le bilieux et flamboyant Whistler qui se reconnut dans un des personnages caricaturés, *Trilby* connut un succès foudroyant, se vendant à plusieurs centaines de milliers d'exemplaires aux États-Unis.

Sous les dehors conventionnels d'un récit qu'accentuent les images d'une Angleterre victorienne plus vraie que nature, sous la peinture d'une société sévère et policée où l'on arbore avec naturel *smokings* et *plus-four,* Du

Maurier est le romancier des états limites, d'une réalité corrodée par le désir au point de s'effriter, de sc troubler, et de perdre les frontières qui la séparent de l'illusion ; et c'est la violence de ces états extrêmes qui peuvent conduire au meurtre, cette profonde, cette substantielle *dénaturation* du réel où l'on se laisse emporter dans un vertige entre rêve et veille, raison et folie, qui donnent leur qualité singulière à ces livres, leur puissance intacte de fascination.

Quelle idée plus poétique, et digne d'un apologue chinois, que celle, dans *Peter Ibbetson*, de ces deux êtres partageant le même rêve — ce rêve qui, les replongeant dans leur enfance, leur permet de se retrouver dans une réalité seconde, flottant au-dessus du monde flottant. On en voit d'admirables images, baignant dans un halo de lumière blanche, réglant le ballet de ces lamies amoureuses, dans le film qu'Henry Hathaway tira du livre en 1935, qui vit désormais de sa vie propre, après avoir suscité une vénération (dont celle que lui portait André Breton) aussi profonde que celle dont jouissait le livre.

XIX

Trilby aussi, on le verra, quoique le film tourné par Archie Mayo quatre ans avant le *Peter Ibbetson* d'Hathaway ait laissé une trace bien plus secrète que ce dernier. Injustice du sort, car il ne lui cède en rien, avec sa vision d'un Paris déformé, ses espaces à la limite du probable, subtilement anamorphosés, ses ateliers d'artiste passés au filtre de l'expressionnisme allemand, et un plan séquence inouï sur lequel je reviendrai. *Trilby* appartient à ces quelques livres dont l'excellence littéraire n'est pas forcément le critère et qui sont cependant si *chargés* que la première lecture que j'en fis, pour des raisons que je ne m'explique évidemment pas moi-même, m'impressionna au point que je ne pus y revenir que bien des années plus tard. J'aime à me laisser ainsi surprendre et dépasser par un livre qui semble en savoir tant sur moi que je ne peux ensuite entrouvrir ses pages que lourd d'appréhension — par peur d'être déçu, de ne pas retrouver l'inexplicable tension du premier moment, autant que d'avoir, contradictoirement, à affronter à nouveau les vérités confondantes de ma première lecture.

Je me contenterai de rappeler l'intrigue imaginée par Du Maurier : dans le Paris des lorettes et des rapins des années 1840, trois jeunes artistes anglo-saxons, venus profiter de l'enseignement des Beaux-Arts, ont pour voisine la troublante Trilby, qui joue occasionnellement le rôle de cantinière et de modèle pour le trio désargenté. Son charme ne laisse pas indifférent le blond Apollon du lot, surnommé Little Billee; non moins que son contraire en tout, lugubre émigré venu de l'Est, vivotant dans une chambre voisine, l'anguleux Svengali : méphistophélique mélomane (il vit de leçons de piano) qu'irrite l'absence totale d'oreille de la diaphane Trilby. Le veto que sa famille oppose, pour des raisons de statut social, au mariage de Billee et de la grisette provoque la séparation des protagonistes, et le retour désespéré du jeune Anglais dans son pays.

Des années plus tard, artiste désormais célèbre, il revient à Paris en compagnie de ses amis pour y entendre la Diva dont tout le monde parle en raison de son timbre poignant et de son extraordinaire virtuosité, curieusement surnommée « La Svengali ». Quelle n'est pas la surprise du trio lorsqu'ils reconnaissent, dans l'inoubliable chanteuse, la sourde Trilby, liée maintenant corps et âme à l'aquilin Svengali ! Du Maurier semble fasciné par ces brusques replis du temps sur lui-même (que l'on retrouve dans *Peter Ibbetson*) et par l'implosion que provoquent ces reconnaissances hasardeuses, effaçant en un instant les mois et les années de souffrance et de deuil, pour briller de la puissance radieuse des amours d'adolescence et du désir pur.

Billee et ses amis sont aussi témoins de la fin abrupte de cette carrière miraculeuse le soir où, Svengali foudroyé par une crise cardiaque dans sa loge d'avant-scène, Trilby perd brusquement la voix, et doit s'enfuir sous les huées.

Son mentor disparu, elle ne revient littéralement à elle-même que dans un état de faiblesse extrême, comme si son art avait consumé ses forces, en ayant tout oublié de son extraordinaire carrière. Quoi de plus viscéralement émouvant, pour moi qui ai passé une large part de ma vie dans le sentiment de la plus diffuse irréalité, et dont les moments de passion les plus intenses me sont à la fois aussi présents que s'ils dataient d'hier, et aussi incertains que s'ils s'étaient produits en rêve, quoi de plus émouvant que cette amnésie que je dirais « vive », que ce *no man's land* entre mémoire et absence ?

Quelle admirable et poétique idée, surtout, que celle de cet être que *révèle* l'hypnotique regard d'un autre, qui n'a accès à elle-même qu'à cette unique, à cette extrême condition ? Ne se trouver qu'à se perdre, n'être soi qu'à se dissocier ainsi, et s'éloigner de soi-même, où pointer plus belle figure de mon expérience même de l'acte d'écrire — où je ne me *retrouve* jamais mieux, comme je l'ai dit, qu'entre les lignes d'un autre texte, dans une partition antérieure, porté par un regard étranger ? J'ajouterai à cela qu'étant aussi *tone-deaf* que mon héroïne, mais aussi violemment *ravi* qu'elle par la musique, il m'est arrivé de m'entendre dire un jour par une amie férue d'analyse que je devais précisément trouver là une de mes raisons d'écrire.

Rien de plus évident, en même temps, de plus naturel pourrait-on dire, que d'imaginer que la voix d'une diva, expression même de l'indicible, de l'enchantement le plus pur, soit elle-même l'effet d'un *transport*, d'un excès qui ne connaît pas de limites ?

XX

Il est étonnant que les surréalistes, obnubilés par *Peter Ibbetson*, soient passés à côté de ce récit tout aussi magique, qui exalte le spectre du désir, comme dans un prisme où viendraient se réfracter de délicates nuances de perversion. Les deux héros sont des trésors d'ambiguïté : Trilby apparaît pour la première fois devant le lecteur affublée d'une redingote d'officier trop grande pour elle, regrettant de ne pas être du sexe qu'il faudrait pour la porter, avant de se débarrasser de ses gros godillots et découvrir le pied le plus fin, le plus élégant qui soit; pieds sur lesquels Little Billee se penche en adoration, les caressant de la main et du regard, avant d'en prendre le moulage. Lui-même doté de *« pieds aussi délicats que ceux d'une fille »*, il est d'une beauté exquise, androgyne, et d'une sensibilité extrême, au point que la seule évocation de « La Svengali » suffit à lui arracher des larmes : image d'une virilité qui n'est jamais plus accomplie à mes yeux que lorsqu'elle est traversée d'une faille de féminité, troublée, forte et vulnérable. Sans insister sur les rapports de « camaraderie virile », mêlant rivalité et affection, émulation et séduction, qui le lient à ses deux camarades d'atelier, le livre baigne tout entier dans un climat de sensualité diffuse, d'érotisme d'autant plus troublant qu'il est ingénu et inconscient de lui-même.

Troublant comme l'est l'amour, qui brouille les pistes et se nourrit de leurres et de malentendus. Il est inutile de reprendre le fil des *qui pro quo* qui parcourent le récit : Svengali aime Trilby, qui ne l'aime pas, mais aime Billee, qui ne peut l'aimer en raison des interdits familiaux ; chaîne que Svengali ne brise qu'à forcer le sort, à lever devant le réel le voile de l'hypnose. Il est une figure exemplaire de ce terrible désir de possession, de subjugation, et de ce qui peut pousser symétriquement à s'y soumettre, où l'on peut reconnaître la pulsion la plus obscure de la fureur érotique. Et je confesserai une forme d'indulgence coupable pour l'effroyable personnage réduit à de telles extrémités par la violence de son désir, moi qui ai pu à certains moments de ma vie souhaiter abolir ainsi la réalité des choses, et m'abîmer dans cette voie sans issue.

Quoiqu'elle la subisse à son corps défendant, prise dans les rets de ce regard prédateur, Trilby n'en est pas moins en proie à une extase proche de l'état amoureux qui ne nous porte au plus fort de nous-même qu'à nous faire perdre terre et nous laisse, le charme dissipé, face à la désolation ; je dois bien m'avouer, le temps passant et l'horizon se rapprochant, que si j'ai trop souvent conçu l'amour en termes de souffrances, c'est qu'il aura peut-être été pour moi de l'ordre de la berlue, de l'hallucination. Hallucination qui vaut bien toutes les réalités du monde, dont la première qualité serait même de les révoquer en doute. C'est ce qui rend une image du film délaissé d'Archie Mayo véritablement obsédante, et m'autorise à la compter parmi les plus belles du cinéma — je veux parler de ce long plan fixe sur les yeux de Svengali — ou de John Barrymore — qui se voilent lentement d'une taie translucide, jusqu'à n'être plus que des globes d'un blanc vitreux, image sublime du regard *chaviré* dans lequel Trilby, et le spectateur, viennent se perdre.

XXI

L'œil et l'oreille, le regard et l'écoute : le premier aussi vif, proche, nécessaire, familier que la seconde m'est opaque, sauvage, fascinante parce que lointaine, échappant à toute tentative d'appropriation. Étrange disjonction, inconnue par laquelle mon corps m'échappe, et dont Jacques Derrida, pour en revenir à lui, avait fait l'un de ses thèmes, en particulier dans une lecture du mythe de Narcisse et Écho dont je me ferai moi-même le relais.

Condamnée à ne jamais parler en son nom propre, la nymphe en est réduite à reprendre les dernières syllabes prononcées par d'autres, tandis que Narcisse, captif de sa propre image, reste insensible à toute sollicitation. Mais, dans son épreuve sans fin, rapportant quelques bribes de sons proférées par l'aimé, Écho se les approprie, les charge de sa passion, en fait son expression même.

Détournement d'expression, en somme — ce qui pourrait être une nouvelle façon de définir ma conception de l'écriture, aussi bien que le trafic d'émotion entre Trilby et Svengali. Ou encore : dialogue de sourds, échange aveugle — la nymphe trouvant dans la répétition patiente et ténue le moyen de dire son obsession au jeune homme qui pleure de ne voir que lui-même. Où trouver expression plus parfaite de ce qui lie inextricablement à mes yeux l'expérience de l'amour et celle de l'écriture ?

On a souvent reproché à Derrida justement les effets d'imitation qui le liaient à ses disciples et à ses lecteurs, et qui nourrit des générations d'épigones. À Nice, dans les années soixante-dix, il fallait au moins une certaine obstination pour dire — mimétiquement — sa fascination pour les thèmes d'une œuvre qui n'en était encore qu'à sa première période. Expression maladroite, servile, exaltation adolescente, éblouie par son modèle, qui me valut de la part d'un esprit fort de la faculté un zéro pointé, expression d'un agacement compréhensible, mais dont il ne me semble pas, avec le recul, qu'elle fût aussi juste qu'elle en avait l'air. Pessimiste patenté, jouissant d'une petite notoriété, familier de certains milieux de la capitale, l'universitaire en question s'autorisait d'une supériorité supposée sur le provincialisme de ses collègues (qui d'ailleurs s'employèrent à contrebalancer les conséquences de son coup d'humeur) pour marquer son rejet du psittacisme ambiant, et dénoncer, classiquement, l'« impossibilité de penser par soi-même » : scie de tous les beaux esprits qui oublient qu'il s'agit peut-être là d'un moment perdu, mais nécessaire au lent progrès vers l'expression propre.

De fait, je ne me reconnaissais pas, même en y mettant la meilleure volonté du monde, dans l'ordre obstiné censé marquer le développement régulier de la littérature, ni dans cet emboîtement de poupées gigognes où chaque auteur semblait sortir du précédent. Nul écho en moi de l'« humour » et du « bon sens » de Molière ; une certaine empathie plutôt pour les malheureuses précieuses, et leur sens de l'amphigourique, qui persiste à ce jour ; rien qui me trouble, à l'autre extrême, dans les envolées pathétiques des grandes *« têtes molles »* du début du XXe siècle. À quoi ressortait l'évidence de ce modèle qui m'échappait ? Comment pouvait-on apprécier avec une telle égalité d'*humeur* des auteurs aux styles et aux valeurs inconciliables, dont le seul point commun était de refléter une grossière, une écœurante « nature humaine » ? Notion dont l'improbabilité, le fond de convention, sinon de fiction, me paraissait aussi patent qu'inadmissible. Pourquoi souscrire au mythe de cette « histoire » plutôt qu'à cette autre évidence : d'une réalité creusée de lacunes, traversée de lignes de faille, secouée de ressauts et de crises, irréductible à toute explication, au sens propre du terme ?

XXII

Comment mieux tomber, une fois encore, que dans ces années de questionnement radical, où l'on prenait un malin plaisir à remettre en cause toutes les évidences et les credo ? Accord parfait — j'en reviens à ma propre histoire — dont un spinoziste ou un sociologue, ou un savant mélange des deux, aurait tôt fait de démontrer qu'il n'était que la conséquence nécessaire de ma situation dans l'histoire, des circonstances familiales, de l'évolution de la petite bourgeoisie au XXe siècle et de quelques croisements de gènes. En une succession incalculable de causes et d'effets que le déterministe que je suis se garderait bien de rejeter.

N'importe. Rien ne pouvait mieux nourrir mon enthousiasme que cette façon de suivre méticuleusement les veines, les motifs, les échos des textes devenus labyrinthes sans fin, combinatoires dont les éléments pouvaient se déplacer, se réorganiser, se superposer, au gré des lectures, comme les tessères translucides d'un kaléidoscope ; rien ne pouvait mieux répondre à mon goût du faible, ou du minoritaire, contre le fort, de l'excentrique contre le consacré, dont la vérité ou la raison n'auront jamais été pour moi que statistiques.

J'ajouterai à cela, comme une contingence supplémentaire (mais essentielle), l'effet de l'air de la ville — de ce que j'appellerai *Odor di Nizza,* étrange précipité, connu de moi seul, où convergeraient confusément la fraîcheur légère et l'odeur de bois brûlé des premiers matins d'hiver, le parfum des lauriers-roses dont on longe les haies au gré d'une promenade, la place de la Préfecture déserte sous la pluie, la traversée de la ville, alors que j'avais une dizaine d'années, vers l'arbre de Noël de l'entreprise sous les cartouches et les volutes du Casino aujourd'hui détruit, les films américains en noir et blanc que donnait Télé Monte-Carlo, la rumeur de la mer en septembre, lorsqu'elle n'est plus couverte par les piailleries des touristes, une étreinte nocturne avec un premier amour face au velours argenté de la Baie, les visites religieuses chaque fin de semaine à la librairie « À la Sorbonne », l'effigie d'un roi de carnaval s'effondrant brusquement dans les flammes, le feston pâle des collines ponctuant d'un trait liquide la perspective de l'ancienne allée de la Gare... *Odor di Nizza*, qui favoriserait un mélange d'alacrité et de lenteur : alacrité de la pensée dans cette atmosphère sèche et aérée, dans cette lumière d'aplomb qui détache discrètement le grain des choses; indolence que nourrissent la douceur du climat, la torpeur des débuts d'après-midi, l'illusion d'y voir les choses, la vie, s'y réduire à l'essentiel. C'est la ville italienne, africaine même, de Nietzsche, propice à la dénonciation des idoles, à l'exaltation de la surface contre la fausse profondeur, à la jubilation des corps.

Et la légèreté voltairienne de ces professeurs de province totalement dédiés à leur rôle d'intercesseur, à l'intégrité de leur travail, au respect d'une parole juste, comptée (que je retrouvais, à l'autre extrême, dans le souci des valeurs simples de ma mère), m'inculqua définitivement le rejet de ces esprits lâches ayant mot sur tout et pour tout, si répandus aujourd'hui.

L'ironie — comme la pratiquait discrètement parmi mes professeurs ce M. Rastier dont il se disait que le fils avait, par souci d'éthique, tout abandonné pour s'établir en usine —, l'ironie, disait Alberto Savinio, est une forme d'amour indirecte, la plus pudique, la plus jalouse. Elle est aussi le registre d'expression essentiel, poursuivait-il, de ces grands dilettantes qui, de Lucien à Montaigne et à Nietzsche, se relaient dans l'histoire : esprits irresponsables pour le sens commun chez lesquels tout est gratuit, libéré, allégé ; acharnés pourtant au travail en raison de leur conscience aiguë de la brièveté de la vie, résolus à combattre toute forme de superstition ou d'illusion, tous les obstacles à la jouissance, au plaisir de l'existence, dans lesquels ils pourraient reconnaître leur propre et ultime illusion.

XXIII

Peut-être surprendrai-je à faire du croissant bordé de collines de la baie des Anges le lieu d'un certain laconisme, de la restriction volontaire des moyens, surtout après m'être longuement étendu sur quelques aspects d'un baroque exalté, d'une hyperbole solaire et luxuriante. Mais l'on a tort, à ne faire du baroque que pléthore béate, monotone extravagance, car le baroque le plus pur ne se fonde jamais, j'y reviens, que sur la pauvreté, le contraste entre l'or et le plâtre, et ne m'apparaît jamais plus émouvant que lorsqu'il transmue, comme dans une volute de stuc, la chaux en lumière.

Terre du taciturne, donc, sous l'effet de cet air limpide qui scrute et expose, ne laisse pas de place au camouflage, révèle placages et disjointures, approximations et rapiéçages. Nul hasard à ce que les grands dilettantes sous l'invocation desquels se place Savinio n'aient été des maîtres du discontinu, de la forme brève, de l'expression à tous égards scrupuleuse, de la quantité discrète, du fragment et de l'aphorisme, d'une pensée cernée, polie, comme un galet, par l'usage, irréductible à tout système. Registre qui s'est immédiatement imposé à moi, et qui me paraît seul légitime pour approcher un monde que nous traversons en somnambule, effleurant la réalité des choses, n'en saisissant que de fragiles réfractions, une poignée d'éclats ; réalité dont la compréhension nous échappe et dont nous ne saurions tirer que cette science du particulier chère à Marcel Schwob — science du dessin d'une foliole, de la trace brillante d'un escargot —, avec pour unique postulat la conviction que nous ne possédons en propre que notre bizarrerie.

Il est, ce postulat, à l'origine de ces pages, où je me serai laissé porter d'un motif à un autre de mon existence, ou de ces retombées au hasard dans ma mémoire, comme ces tapis d'herbes folles que l'on voit, des fenêtres d'un train, sur les ballasts au sortir des gares où, portées par le vent, graines et spores donnent naissance à de sauvages colonies d'orties, de graminées, de coquelicots et de dents-de-lion, aussi fascinantes à mes yeux que les jardins les plus élaborés.

J'en reviens au point d'où, comme l'un de ces akènes disséminés, je me suis laissé déporter. Je me souviens parfaitement — avec la netteté de ce que les psychanalystes appelleraient un souvenir-écran — que lors de mon premier voyage en Angleterre, en 1973, les bancs des soldeurs étaient lourds des piles de la monumentale biographie d'un auteur dont je ne savais rien — sinon qu'il portait le même nom que sa petite-fille ; j'ai encore en tête la jaquette crème, lie-de-vin et vert sauge du volume auquel je dus renoncer en dépit de la convoitise qu'avaient fait naître en moi ces séduisantes images de Londres à la fin du règne de Victoria... Peut-être la netteté paradoxale de cet épisode insignifiant s'explique-t-elle aussi par le fait que me parvint au même moment — au cours d'une conversation téléphonique avec ma mère ? — la nouvelle du suicide de Madame Roques, dont je ne pouvais plus, depuis longtemps déjà, me représenter le visage, mais dont l'ombre, comme aujourd'hui, ne me quittait plus. Événement d'autant plus obsédant que je ne savais évidemment rien de sa vie ni de ce qui avait pu la conduire à ce geste : maladie, désespoir amoureux, mésentente familiale, dépression chronique ? Rien ne venait limiter le fourmillement des hypothèses ; mais qu'elle s'évanouisse au moment où surgissait une autre figure de cette anglicité qu'elle m'avait révélée l'associa pour toujours à la figure encore floue du dessinateur barbu aux traits fins, et à l'élégance d'une autre époque.

Il me fallut plusieurs années ensuite pour lire *Trilby* en édition bon marché, puis deux décennies au moins pour tomber, un jour où je devais tuer le temps avant un rendez-vous, dans une boutique poussiéreuse, à l'éclairage blafard du quartier Beaubourg, sur une copie du *Svengali* d'Archie Mayo qui devait tant m'impressionner, perdue au milieu des boîtes de plastique dont les couleurs avaient fané sous le soleil. Découvrant avec jubilation une nouvelle pièce du puzzle, je ne savais pas que j'en laissais échapper une autre, plus importante encore.

XXIV

J'imagine qu'universitaires et étudiants s'attarderont un jour, si ce n'est déjà fait, sur l'étonnante coïncidence qui amena, ce même mois de 2004 où je plongeai la main dans un bac de soldeurs de films, deux romanciers d'aujourd'hui à prendre pour sujet, sans le savoir, ces quelques années dans la vie d'Henry James dont Du Maurier est l'un des protagonistes, et où le premier laisse filer l'occasion d'écrire lui-même *Trilby*. David Lodge s'étonne, dans une note de *L'Auteur, l'auteur*, de l'étrange tour du sort qui le conduisit à s'intéresser à une poignée d'événements de la biographie de James alors même que Colm Tóibín s'y penchait pour écrire *Le Maître*, avouant qu'il avait préféré ignorer, lorsqu'il l'avait apprise, l'existence du livre parallèle, de peur de ne pouvoir achever le sien propre.

Ce n'est qu'entre le moment où je rédigeai

les pages qui précèdent sur la cantatrice médusée (et où, cherchant à vérifier quelques faits, j'appris incidemment l'existence des deux livres) et celui où je trace les présentes lignes que j'ai enfin pu les lire, alors qu'ils m'avaient échappé lors de leur publication. On y retrouve ces données bien connues de la vie de James : l'amitié (chargée d'érotisme, selon Tóibín) avec Oliver Wendell Holmes, l'infatuation pour Minnie Temple, la relation complexe avec son frère William, en particulier lors de l'épanouissement tardif de ce dernier, la destinée tragique d'Alice, cette sœur écrasée par l'ombre des deux frères, l'amitié amoureuse pour Constance Fenimore Woolson, qui rêva d'une vie commune et studieuse où ils travailleraient à leurs bureaux respectifs avant de se retrouver le soir, et finit par se suicider dans le gris humide de Venise, les relations avec des écrivains et artistes comme Edmund Gosse et Burne-Jones, la fascination tardive pour le jeune sculpteur Hendrik Andersen, le dévouement aveugle de Burgess Noakes, l'homme à tout faire des dernières années de James, etc.

Lodge situe l'une des sources de la longue et fidèle amitié avec Du Maurier — qui étonne jusqu'à la biographe de ce dernier — dans le fait qu'il était l'un des principaux illustrateurs de *Punch,* et que la revue avait joué un rôle central dans l'imaginaire du jeune James et de son frère : « *Ses images mentales de l'Angleterre et des Anglais provenaient,* écrit-il, *des anciens numéros du magazine, froissés et écornés par l'usage, qu'ils avaient dévorés, enfants, à New York* », numéros ponctués de ces vignettes finement tracées à la plume, qui évoquent une société antérieure et raffinée, où l'on dînait en smoking et robes du soir dans un décor esthète éclairé d'une lumière diffuse.

Mais c'est, au milieu de tout cela, une période de quelques mois seulement, en 1895, qui retient tout l'intérêt des deux romanciers. Suivant l'avis de James, Du Maurier se lança dans la rédaction du récit dont James n'avait pas voulu, puisant dans les souvenirs de ses études aux Beaux-Arts de Paris, de la vie d'atelier et de la fréquentation des grisettes, et s'appliquant à développer studieusement le caractère des personnages dont la diaphane Trilby était le point d'attraction.

James traversait alors une de ces crises de découragement où un auteur doute du public trop limité qui est le sien et aspire irrationnellement à la tonitruante célébration que seuls connaissent en général les écrivains médiocres. Sollicité par un producteur de théâtre, aiguillonné par le succès d'Oscar Wilde dont il jugeait les trouvailles faciles, il se prit à rêver à un triomphe dans cette forme d'expression alors la plus populaire ; il écrivit *Guy Domville*, dit Tóibín, « *pour réussir, pour répondre à l'attente du grand public* ».

Créée en janvier 1895, la pièce fut un four noir, et James sortit sous les huées. Au même moment, *Trilby* connaissait un succès foudroyant; le roman fut sans doute le premier best-seller de l'ère moderne, tant en Angleterre qu'aux États-Unis; Du Maurier, qui n'avait précédemment publié que *Peter Ibbetson*, vendit en quelques mois, avec ses deux seuls ouvrages, plus que James avec toute son œuvre ; et, comme si l'épreuve n'était pas suffisante, l'adaptation théâtrale du roman, avec un Svengali plus méphistophélique que nature, fit un triomphe sur la scène même où James avait connu la débâcle... Ce que ce dernier s'était désespérément, aveuglément appliqué à gagner, Du Maurier l'obtenait sans même y penser. Et par une dernière et cruelle ironie du sort marquait de son sceau l'imaginaire et la langue anglaise (« *Tout le monde sait ce que le nom "Svengali" signifie,* rappelle Lodge, *et quel genre de chapeau est un "trilby", et le sens de l'expression "poser pour l'ensemble", mais peu de gens savent, à ce que je constate, particulièrement chez les plus jeunes, d'où viennent ces termes...* »).

« *Quelque chose,* conclut le personnage James sous sa plume, *avait changé dans la culture du monde anglophone. L'extension et l'effet réducteur de la démocratie, l'insidieuse énergie du capitalisme, la distorsion des valeurs par le journalisme et la publicité rendaient impossible — pour un professionnel de l'art de la fiction — de parvenir à la fois à l'excellence et au succès public, comme Scott et Balzac avaient pu le faire à leur époque.* »

XXV

Il va de soi que les deux romanciers d'aujourd'hui — qui connaissent pourtant, en ce qui les concerne, le succès — voient dans cet épisode l'une des premières et plus éclatantes illustrations de ce qui est désormais la condition d'écrivain : partagé jusqu'il y a peu entre la sanction de l'estime et celle du succès, sans cesse confronté à la loi du plus grand nombre, condamné à rechercher cette unanimité creuse qu'il se faisait fort d'ignorer; partage qui s'efface à son tour derrière le bruissement incessant d'une parole sans origine, derrière le murmure des réputations éphémères et la disparition sans cesse annoncée de ces volumes de papier que nous ouvrons et fermons depuis cinq siècles. J'imagine ne pas être le seul de cette génération née à la césure du XXe siècle, habité par le sentiment de se tenir sur une langue de sable, celle du culte des livres et des lents savoir-faire, des mirages de l'identité et des équivoques de la mémoire qui se détacherait subitement de la terre ferme — celle de l'assertion de soi, de l'amnésie tranquille, de la religion du rendement immédiat, d'une réalité mesurée à la seule aune du présent.

Le Henry James que font resurgir à deux siècles d'écart deux autres auteurs est déjà la proie d'un terrible désarroi face à un abrupt changement de condition, persuadé d'être arrivé trop tard, comme tant d'autres avant lui dans l'histoire; mais il n'en est certes pas à imaginer la disparition même de l'objet qui aura été au centre de sa vie. Et qui saura s'il vécut avec la même intensité le sentiment de tomber entre deux mondes, l'un qui se retire tandis que l'autre s'esquisse à peine?

Cependant, au-delà même du parallèle avec Du Maurier, de ce qu'il est censé illustrer, et de sa réconfortante moralité à présent que James est devenu un classique et Du Maurier une curiosité, au-delà des variations sur le désespoir qui habite tout écrivain de se faire entendre, c'est l'étrange force d'aveuglement dont fit preuve l'auteur si complexe de *The Golden Bowl*, son obstination dans le fourvoiement qui rayonne au centre des deux fictions dont il est le thème. Parce que là réside réellement la menace à laquelle s'expose, de fois en fois, de ligne en ligne, tout écrivain. Ce dont James avait une conscience aiguë et qu'il exprima à travers un de ses personnages dans un passage fameux où ne peut manquer de se reconnaître quiconque affronte l'expérience (*« Une seconde chance — voilà l'illusion. Il ne devait y en avoir qu'une. Nous travaillons dans le noir — nous faisons ce que nous pouvons — nous donnons ce que nous avons. Notre doute est notre passion et notre passion est notre tâche quotidienne. Le reste est la folie de l'art »*).

*

Terrassé selon James par le destin de sa *« chanteuse magnétisée »*, comme il la désigne dans une de ses lettres au maître, Du Maurier n'écrivit qu'un troisième livre, *The Martian*, dont une mort prématurée lui épargna de constater l'échec. Ce n'est déjà pas si mal d'avoir laissé quelques expressions dans la langue anglaise, et durablement imposé une sinistre figure… James consacra un dernier et nostalgique essai au souvenir de cet ami que le sort lui avait si ironiquement opposé ; il s'y attarde, invinciblement fasciné par l'imprévisible catastrophe de ce succès monstrueux, et par le sort de cet ami qui, écrasé par l'infinie rumeur et le ciel bas de la vulgarité, n'eut plus qu'à se tourner vers le mur pour y mourir en silence, ne laissant dans le monde que le creux d'une présence. Et il comprit, alors qu'il traçait les dernières lignes de son hommage, affirme David Lodge en se penchant à son tour sur son épaule, que *« tout ce qu'il avait écrit le concernait au moins autant lui-même qu'il ne concernait Du Maurier »*.

Nice
Équinoxe
d'automne 2011

SUR LES PAPILLONNERIES HUMAINES, 1996.

VIES REMARQUABLES DE VIVANT DENON, 1998.

QUELQUES CAFÉS ITALIENS, 2001.

L'HÔTEL DU GRAND VENEUR, 2008.

Aux Éditions Gallimard

CABINETS DE CURIOSITÉS, 2002.

PETITS ÉCRITS

Aux Éditions du Regard

MANIÉRISTES, 1983.

Aux Éditions Franco Maria Ricci

RENÉ GRUAU, 1984.

GIOVANNI BOLDINI, 1987.

ALEXANDRE SEREBRIAKOFF, 1990.

ROBERTO CAPUCCI, 1993.

Aux Éditions Schirmer Mosel

DAVID SEIDNER, 1989.

Aux Éditions Thames & Hudson

SIGNES DE DISTINCTION, 1991.

FORNASETTI, 1991.

LINE VAUTRIN : BIJOUX ET OBJETS, 1992.

LES BIJOUX DE CHANEL, 1993 (nouvelle édition, 2012).

COQUILLAGES ET ROCAILLES, 1994.

CHRISTIAN LACROIX, JOURNAL D'UNE COLLECTION, 1996.

Aux Éditions Le Promeneur

LOUISE DE VILMORIN, UN ALBUM, 2002.
LINE VAUTRIN, MIROIRS, 2004.
PIERRE SKIRA, 2005.
SERGE ROCHE, 2006.
PIERRE LESIEUR, LES ATELIERS, 2008.
DAVID SEIDNER, 2008.
LINA BARETTI, PARURES, 2010.

Aux Éditions Assouline

LE STYLE COCTEAU, 1998.

Chez Maurice Imbert

LA BOÎTE DE BORIS KOCHNO, 1992.
F.Z., 1999.

Aux Éditions La Pionnière

LA SCÈNE DES MORTS (avec des photographies de Gérard Macé), 1998.

Aux Éditions de la Martinière

TOUT GOUDE, 2005.
CHRONIQUE D'UNE IMAGE, 2009.

DIRECTION D'OUVRAGE

Aux Éditions Le Promeneur

LES GAYS SAVOIRS, 1988.

Aux Éditions Gallimard

LE TROMPE-L'ŒIL, 1996.

Aux Arts décoratifs

CHRISTIAN LACROIX : HISTOIRES DE MODE, 2007.

Achevé d'imprimer
par l'Imprimerie Floch
à Mayenne, le 17 avril 2012.
Dépôt légal : avril 2012.
Numéro d'imprimeur : 81961.

ISBN 978-2-07-013788-6/Imprimé en France.

243088